LE MANUSCRIT

VENU DE SAINTE-HÉLÈNE,

APPRÉCIÉ

A SA JUSTE VALEUR.

LE MANUSCRIT

VENU DE SAINTE-HÉLÈNE,

APPRÉCIÉ

A SA JUSTE VALEUR.

A PARIS,

CHEZ L. G. MICHAUD, IMPRIMEUR-LIBRAIRE,

RUE DES BONS-ENFANTS, N°. 34.

M. DCCC. XVII.

LE MANUSCRIT

VENU DE SAINTE-HÉLÈNE,

APPRÉCIÉ A SA JUSTE VALEUR.

DES voyageurs anglais ont apporté de leur pays un livre, que l'on dit y être arrivé d'une *manière inconnue*. Cette annonce énigmatique suffisait pour piquer la curiosité; on a voulu l'exciter encore davantage, et le titre même de l'écrit mystérieux le fait venir d'une île lointaine, où l'oubli dévore un personnage jadis fameux.

Dès les premières lignes de ces Mémoires historico-politiques, l'auteur parle sans détour de son *règne :* ainsi l'intention de celui qui a entrepris de lancer cette brochure dans le monde n'est point douteuse; elle n'eût pas été plus claire quand il eût tracé en toutes lettres, sur le titre, le nom de l'homme auquel il veut qu'on l'attribue. Mais, l'eût-il osé, ce n'était pas assez pour être cru; c'est dans l'ouvrage même que les hommes sensés veulent puiser leur opinion, et ce n'est qu'après l'avoir lu qu'ils peuvent l'apprécier à sa valeur et discuter son origine.

Cependant peu de personnes ont pu se procurer

cette lecture ; mais cela n'empêche pas que tout le monde en raisonne. Partout on en parle diversement ; partout on veut approfondir le mystère qui semble ajouter à la curiosité.

S'en rapportera-t-on à une lettre qui a fait presque autant de bruit que le livre lui-même ? *C'est une hauteur de pensées et de sentiments dont rien jusques-là n'avait donné la mesure ! c'est un trésor !*

Si l'on méprise le suffrage d'une dame un peu légère et crédule, on se rendra peut-être à celui dont elle s'est appuyée : mais ce dernier suffrage sera aussi attribué à une excessive crédulité, s'il est vrai qu'on ait pu dire qu'à côté de cet écrit *César doit pâlir, et Tacite paraître froid !*

Tandis que dans un salon où se prosterne et l'on crie au prodige, dans un autre on sourit de pitié, et l'on dit :

Quelque rêve creux, qui se sera cru bien profond, aura dit dans sa pensée : Affectons un style âpre, incorrect, haché ; semons les mots bizarres, les néologismes ; échafaudons des idées bouffies qui ressemblent à du sublime ; parlons avec dédain des préjugés gothiques sur lesquels roulait le monde, *avant le grand œuvre de la* régénération ; *ridiculisons ces* vieilles croyances qu'on appelle la foi, *et nous persuaderons sans peine au crédule vulgaire que* c'est la voix de l'homme du destin, *qui, du sein de la mer Atlantique, vient encore frapper son oreille.*

Dans ce conflit d'opinions diverses, le sage n'écoutera que sa raison, et, s'il veut connaître la vérité, il séparera la doctrine des faits; il écartera du récit, que personne ne pouvait faire les lieux-communs philosophiques, qui pouvaient être dans la pensée de tout le monde. On peut se perdre dans le vague des théories, et l'on peut faire, sous ce rapport, sans se trahir, des suppositions de tous les genres; mais si l'on vient à mentir dans le récit des faits qui ont eu le monde entier pour témoin, si l'on fait parler celui qui en fut le moteur principal, celui dont ils formèrent en quelque façon l'existence, comme eût pu le faire l'homme le plus mal informé et le plus étranger à de si grands événements; si enfin on intervertit tous ces évènements, si l'on ne met aucune date à sa place, si l'on rapporte à chaque instant les effets avant les causes, les causes après les effets.... N'anticipons pas; c'est en parcourant le livre, et en rapportant successivement le texte, que nous pourrons mieux en indiquer la source et les motifs. En voici le début :

« Je n'écris pas des commentaires, car les événements de mon règne sont assez connus, et je ne suis pas obligé d'alimenter la curiosité publique : je donne le précis de ces événements, parce que mon caractère et mes intentions peuvent être étrangement défigurés; et je tiens à paraître tel que j'ai été, aux yeux de mon fils comme à ceux de la postérité.

» C'est le but de cet écrit. Je suis forcé d'employer une voie détournée pour le faire paraître ; car s'il tombait dans les mains des ministres anglais, je sais par expérience, qu'il resterait dans leur bureau.

» Ma vie a été si étonnante, que les admirateurs de mon pouvoir ont pensé que mon enfance même avait été extraordinaire : ils se sont trompés. Mes premières années n'ont rien eu de singulier ; je n'étais qu'un enfant obstiné et curieux ; ma première éducation a été pitoyable comme tout ce qu'on faisait en Corse ; j'ai appris assez facilement le français par les militaires de la garnison, avec lesquels je passais mon temps.

» Je réussissais dans ce que j'entreprenais, parce que je le voulais : mes volontés étaient fortes et mon caractère décidé. Je n'hésitais jamais : ce qui m'a donné de l'avantage sur tout le monde. La volonté dépend, au reste, de la trempe de l'individu : il n'appartient pas à chacun d'être maître *chez lui*.

» Mon esprit me portait à détester les illusions. J'ai toujours discerné la vérité de plein saut : c'est pourquoi j'ai toujours vu mieux que d'autres le fond des choses. Le monde a toujours été pour moi dans le fait et non dans le droit : aussi n'ai-je ressemblé à peu près à personne ; j'ai été, par ma nature, toujours isolé.

» Je n'ai jamais compris quel serait le parti que je pourrais tirer des études, et, dans le fait, elles ne m'ont servi qu'à m'apprendre des méthodes. Je n'ai retiré quelque fruit que des mathématiques ; le reste ne m'a été utile à rien ; mais j'étudiais par amour-propre.

» Mes facultés intellectuelles prenaient cependant leur essor sans que je m'en mêlasse ; elles ne consistaient que dans une grande mobilité des fibres de mon cerveau. Je pensais plus vite que les autres ; en sorte qu'il m'est toujours resté du temps pour réfléchir : c'est en cela qu'a consisté ma profondeur.

» Ma tête était trop active pour m'amuser avec les divertissements ordinaires de la jeunesse. Je n'y étais pas totalement étranger ; mais je cherchais ailleurs de quoi m'intéresser. Cette disposition me plaçait dans une espèce de solitude où je ne trouvais que mes propres pensées. Cette manière d'être m'a été habituelle dans toutes les situations de ma vie.

» Je me plaisais à résoudre des problêmes : je les cherchai dans les mathématiques ; mais j'en eus bientôt assez, parce que l'ordre matériel est extrêmement borné. Je les cherchai alors dans l'ordre moral : c'est le travail qui m'a le mieux réussi. Cette recherche est devenue chez moi une disposition habituelle : je lui ai dû les grands pas que j'ai fait faire à la politique et à la guerre. »

— Le premier objet du lecteur, en ouvrant un pareil livre, est d'y trouver quelque chose de nouveau pour lui : c'est le sentiment que nous avons éprouvé ; mais, sous ce rapport, notre espoir a été complètement déçu, et dès la première page du paragraphe qu'on vient de lire, tous nos doutes ont été levés. Ce n'est que l'exorde d'un roman dans des phrases bannales extraites de cent récits partout répétés, et que l'on ne s'est pas même donné la peine de mêler de quelques détails, qu'il eût été facile de rendre vraisemblables, ou que l'on eût trouvés dans les nombreux volumes publiés sur le même sujet. Poursuivons ce récit.

« Ma naissance me destinait au service : c'est pourquoi j'ai été placé dans les écoles militaires. J'obtins une lieutenance au commencement de la révolution : je n'ai jamais reçu de titre avec autant de plaisir que celui-là. Le comble de mon ambition se bornait, alors, à porter un jour une épaulette à bouillons sur chacune de mes épaules : un colonel d'artillerie me paraissait le *nec plus ultra* de la grandeur humaine.

» J'étais trop jeune dans ce temps pour mettre de l'intérêt à la politique. Je ne jugeais pas encore de l'homme en masse.

» Aussi je n'étais ni surpris ni effrayé du désordre qui régnait à cette époque, parce que je n'avais pu la comparer avec aucune autre. Je m'accommodais de ce que je trouvais. Je n'étais pas encore difficile.

» On m'employa dans l'armée des Alpes : cette armée ne faisait rien de ce que doit faire une armée ; elle ne connaissait ni la discipline ni la guerre. J'étais à mauvaise école. Il est vrai que nous n'avions pas d'ennemis à combattre ; nous n'étions chargés que d'empêcher les Piémontais de passer les Alpes, et rien n'était si facile.

» L'anarchie régnait dans nos cantonnements : le soldat n'avait aucun respect pour l'officier ; l'officier n'en avait guère pour le général ; ceux-ci étaient tous les matins destitués par les représentants du peuple (1) ; l'armée n'accordait qu'à ces derniers l'idée du pouvoir, la plus forte sur l'esprit humain. J'ai senti dès-lors le danger de l'influence civile sur le militaire, et j'ai su m'en garantir.

» Ce n'était pas le talent, mais la loquacité qui donnait du crédit dans l'armée : tout y dépendait de cette faveur populaire qu'on obtient par des vociférations.

» Je n'ai jamais eu avec la multitude cette communauté de sentiments qui produit l'éloquence des rues ; je n'ai jamais eu le talent d'émouvoir le peuple : aussi je ne jouais aucun rôle dans cette armée ; j'en avais mieux le temps de réfléchir.

» J'étudiais la guerre, non sur le papier, mais sur le terrain. Je me trouvai pour la première fois au feu dans une petite affaire de tirailleurs, du côté du Mont-Genèvre : les balles étaient clair-semées ; elles ne firent que blesser quelques-uns de nos gens.

---

(1) Il n'y avait pas alors de représentants du peuple en mission aux armées ; ils n'y sont venus qu'à la fin de 1793 ; et, quoique l'on n'y ait point mis de date, il est évident que tout ce passage se rapporte à la fin de 1792.

Je n'éprouvai pas d'émotion: cela n'en valait pas la peine. J'examinai l'action : il me parut évident qu'on n'avait, des deux côtés, aucune intention de donner un résultat à cette fusillade. On se tiraillait seulement pour l'acquit de sa conscience, et parce que c'est l'usage à la guerre. Cette nullité d'objet me déplut ; la résistance me donna de l'humeur ; je reconnus notre terrain ; je pris le fusil d'un blessé, et j'engageai un bon homme de capitaine qui nous commandait, à nourrir son feu, pendant que j'irais avec une douzaine d'hommes couper la retraite des Piémontais. Il m'avait paru facile d'atteindre une hauteur qui dominait leur position, en passant par un bouquet de sapins, sur lequel notre gauche s'appuyait. Notre capitaine s'échauffa ; sa troupe gagna du terrain ; elle nous renvoya l'ennemi ; et lorsqu'il fut ébranlé, je démasquai mes gens. Notre feu gêna sa retraite ; nous lui fîmes quelques morts et vingt prisonniers : le reste se sauva.

» J'ai raconté mon premier fait d'armes, non parce qu'il me valut le grade de capitaine, mais parce qu'il m'initia au secret de la guerre. Je m'aperçus qu'il était plus facile qu'on ne croit, de battre l'ennemi, et que ce grand art consiste à ne pas tâtonner dans l'action, et surtout à ne tenter que des mouvements décisifs, parce que c'est ainsi qu'on enlève le soldat. »

—L'ouvrage prend ici le caractère du roman d'une manière plus décidée ; on voit que ce genre n'est pas sur les premières années de son héros, il a voulu décrire son premier fait d'armes; il a voulu lui faire dire les sensations qu'il y a éprouvées, enfin l'auteur a voulu montrer la vocation, l'entraînement qui a conduit à entrer dans cette carrière, l'homme qui doit être un guerrier et un conquérant, à peu près comme on fait raconter à un héros de boudoir sa première entrevue, ses premières émotions devant l'objet de ses amours. Mais les romans historiques sont plus difficiles; non seulement l'auteur ne doit pas s'écarter de la vraisemblance, il faut encore qu'il évite de se mettre en contradiction avec les choses positives et reconnues généralement pour vraies. Ici, par exemple, on représente Napoléon dans une situation où il est évident qu'il n'a jamais pu se trouver. Tout le monde sait qu'il n'a servi, comme simple officier, que dans l'artillerie, et aucun militaire n'ignore que les officiers d'artillerie ne vont pas aux avant-postes, qu'ils ne font pas le service de l'infanterie, et qu'ainsi il est tout-à-fait impossible que Buonaparte ait jamais commandé un peloton de tirailleurs. Ainsi le premier tableau, par lequel l'auteur a cru devoir entrer en matière, et jeter de l'intérêt sur son héros, prouve qu'il est lui-même tout-à-fait étranger aux détails de la guerre; nous aurons encore plus d'une occasion de le faire remarquer.

« J'avais gagné mes éperons; je me croyais de l'expérience. D'après cela, je me sentis beaucoup d'attrait pour un métier qui me réussissait si bien. Je ne pensai qu'à cela, et je me donnai à résoudre tous les problèmes qu'un champ de bataille peut offrir.

J'aurais voulu étudier aussi la guerre dans des livres, mais je n'en avais point. Je cherchai à me rappeler le peu que j'avais lu dans l'histoire, et je comparais ces récits avec le tableau que j'avais sous les yeux. Je me suis fait ainsi une théorie de la guerre, que le temps a développée, mais n'a jamais démentie.

» Je menai cette vie insignifiante jusqu'au siége de Toulon. J'étais alors chef de bataillon, et, comme tel, je pus avoir quelque influence sur le succès de ce siége. Jamais armée ne fut plus mal menée que la nôtre. On ne savait qui la commandait. Les généraux ne l'osaient pas, de peur des représentants du peuple ; ceux-ci avaient encore plus de peur du comité de salut public. Les commissaires pillaient, les officiers buvaient, les soldats mouraient de faim ; mais ils avaient de l'insouciance et du courage : ce désordre même leur inspirait plus de bravoure que la discipline. Aussi suis-je resté convaincu que les armées mécaniques ne valent rien : elles nous l'ont prouvé. »

—C'est se montrer bien étranger au métier des armes et s'éloigner de toute vraisemblance que de faire dire à Buonaparte que le *désordre* inspire plus de courage aux troupes que la *discipline*. Le trait, dirigé contre des armées qui ont fini par le vaincre, ne peut pas non plus lui appartenir ; il tendrait à le rabaisser encore, et ce n'est pas ainsi qu'il a coutume de faire.

« Tout se faisait au camp par motions et par acclamations. Cette manière de faire m'était insupportable;

mais je ne pouvais pas l'empêcher, et j'allais à mon but sans m'en embarrasser.

» J'étais peut-être le seul dans l'armée qui eût un but ; mais mon goût était d'en mettre au bout de tout. Je ne m'occupai que d'examiner la position de l'ennemi et la nôtre ; je comparai ses moyens moraux et les nôtres : je vis que nous les avions tous, et qu'il n'en avait point. Son expédition était un misérable coup de tête, dont il devait prévoir d'avance la catastrophe, et l'on est bien faible quand on prévoit d'avance sa déroute. »

— C'est caractériser d'une manière bien vague, et en même temps bien fausse, l'expédition des Anglais et des Espagnols, à Toulon, en 1793. Cette entreprise, loin d'être un *misérable coup de tête*, ne pouvait qu'avoir pour eux des résultats avantageux. Leur seule apparition opéra alors une diversion puissante en faveur de leurs alliés ; ils ne s'exposèrent pour cela à aucun danger ; et lorsqu'ils furent obligés de se retirer, ils ne le firent qu'après avoir détruit une marine et des arsenaux qu'ils redoutaient depuis long-temps. Qu'on dise que les expéditions d'Égypte, d'Espagne et de Russie, furent des *coups de tête*, Buonaparte n'en conviendra pas ; mais tout le monde trouvera l'expression juste. Personne ne l'avait encore appliquée à l'opération que l'amiral Hood exécuta à Toulon en 1793.

« Je cherchai les meilleurs points d'attaque ; je jugeai la portée de nos batteries, et j'indiquai les positions où il fallait les placer. Les officiers expérimentés les trouvèrent trop dangereuses; mais on ne gagne pas de batailles avec de l'expérience. Je m'obstinai; j'exposai mon plan à Barras; il avait été marin (1): ces braves gens n'entendent rien à la guerre, mais ils ont de l'intrépidité. Barras l'approuva, parce qu'il voulait en finir. D'ailleurs la Convention ne lui demandait pas compte des bras et des jambes, mais du succès.

» Mes artilleurs étaient braves et sans expérience: c'est la meilleure de toutes les dispositions pour les soldats. Nos attaques réussirent: l'ennemi s'intimidait; il n'osait plus rien tenter contre nous. Il nous envoyait bêtement des boulets, qui tombaient où ils pouvaient, et ne servaient à rien. Les feux que je dirigeais allaient mieux au but. J'y mettais beaucoup de zèle, parce que j'en attendais mon avancement: j'aimais d'ailleurs le succès pour lui-même. Je passais mon temps aux batteries; je dormais dans nos épaulements. On ne fait bien que ce qu'on fait soi-même. Les prisonniers nous apprenaient que tout allait au diable dans la place. On l'évacua enfin d'une manière effroyable. Nous avions bien mérité de la patrie. On me fit général de brigade.

---

(1) Barras n'a jamais été marin; Buonaparte ne peut l'ignorer; on n'est pas marin pour être allé dans l'Inde sur un bâtiment de commerce, ni même pour avoir commandé une compagnie d'infanterie sur un vaisseau de guerre.

Je fus employé, dénoncé, destitué, ballotté par les intrigues et les factions. Je pris en horreur l'anarchie, qui était alors à son comble, et je ne me suis jamais raccommodé avec elle. Ce gouvernement massacreur m'était d'autant plus antipathique qu'il était absurde et se dévorait lui-même. C'était une révolution perpétuelle, dont les meneurs ne cherchaient pas seulement à s'établir d'une manière permanente. »

—L'auteur du roman passe ici rapidement sur une époque importante; son héros aurait eu sans doute quelque raison d'en agir ainsi; cependant il eût peut-être cherché à s'excuser sur quelques circonstances, à pallier certains faits; et dans ses demi-aveux, ou même dans ses dénégations, l'histoire eût trouvé quelques inductions utiles. Il me semble que le plan de l'auteur était de faire des confessions avec une apologie, ou plutôt d'offrir une apologie sous l'apparence d'une confession. Dans ce cas, il est des faits dont il devait au moins dire un mot. Esquiver la difficulté, c'est avouer qu'on n'a rien à répondre. L'impossibilité où Napoléon se trouve d'expliquer les circonstances les plus importantes de sa vie, lui fera craindre longtemps de donner des mémoires; elle l'empêchera toujours de publier des confessions. Si l'homme qui a voulu se mettre à sa place y eût réfléchi, il aurait senti que cette considération seule devait le trahir.

L'existence et la conduite de Buonaparte, en 1793 et 1794, ont donné lieu à une foule de recherches et de discussions; c'est la partie de sa vie politique dont on a le plus raisonné, parce que c'est celle qui est le plus en opposition avec ce qu'il a fait depuis. C'est donc l'époque à laquelle la curiosité se porte le plus naturellement; et les hommes crédules, qui ont pu penser un instant qu'il était l'auteur de cet ouvrage, ont dû chercher dans cet endroit des détails qu'ils sont loin d'y avoir trouvés. *Je fus employé*, *dénoncé*, *destitué*, *ballotté* : voilà toute son histoire pendant le trop mémorable règne de la terreur. Sans parler des réticences, on trouve dans ces quatre mots des erreurs et des mensonges que Buonaparte ne pouvait pas faire. D'abord il n'est pas vrai qu'il fut *ballotté* par les factions avant le 9 thermidor. Il servit le gouvernement anarchique de ce temps-là avec le plus entier dévouement; il en fut très bien récompensé et il reçut de lui le grade de général : il fut en correspondance avec ses principaux chefs, notamment avec Robespierre; ainsi il n'avait aucune raison de le regarder comme *antipathique*. Personne n'ignore qu'il ne s'en éloigna, ou plutôt qu'il n'en fut éloigné qu'à l'époque où l'on cessa d'être *massacreur*. C'est alors seulement qu'il fut *dénoncé*, *destitué*, arrêté et près d'être jugé pour avoir servi avec trop de zèle ce gouvernement qu'on le fait nommer *absurde*. Toutes ces circonstances doivent être classées dans sa mémoire d'une manière fort claire et fort distincte; il aurait pu les omettre, mais certainement il ne les aurait pas confondues.

« Général, mais sans emploi, je fus à Paris, parce qu'on ne pouvait en obtenir que là. Je m'attachai à Barras, parce que je n'y connaissais que lui. Robespierre était mort; Barras jouait un rôle : il fallait bien m'attacher à quelqu'un et à quelque chose.

» L'affaire des sections se préparait : je n'y mettais pas un grand intérêt, parce que je m'occupais moins de politique que de guerre. Je ne pensais pas à jouer un rôle dans cette affaire; mais Barras me proposa de commander sous lui la force armée, contre les insurgés. Je préférais, en qualité de général, d'être à la tête des troupes, plutôt qu'à me jeter dans les rangs des sections, où je n'avais rien à faire.

» Nous n'avions, pour garder la salle du Manège, qu'une poignée d'hommes et deux pièces de quatre. Une colonne de sectionnaires vint nous attaquer, pour son malheur. Je fis mettre le feu à mes pièces : les sectionnaires se sauvèrent; je les fis suivre : ils se jetèrent sur les gradins de Saint-Roch. On n'avait pu passer qu'une pièce, tant la rue était étroite : elle fit feu sur cette cohue, qui se dispersa en laissant quelques morts. Le tout fut terminé en dix minutes.

« Cet événement, si petit en lui-même, eut de grandes conséquences : il empêcha la révolution de rétrograder. Je m'attachai naturellement au parti pour lequel je venais de me battre, et je me trouvai lié à la cause de la révolution. Je commençai à la mesurer, et je restai convaincu qu'elle serait victorieuse, parce qu'elle avait pour elle l'opinion, le nombre et l'audace. »

— L'auteur du roman présente ici son héros comme engagé par le hasard dans le parti révolutionnaire. Il me semble que sa conduite à Toulon, les dénonciations et la destitution qui en avaient été la suite après la chute de Robespierre, l'y plaçaient depuis long temps d'une manière assez positive ; il n'est pas moins certain que, depuis son arrivée à Paris, il passait sa vie avec les hommes les plus ardents de ce parti. Ce ne fut donc pas le hasard qui le conduisit à leur tête dans la journée du 13 vendémiaire; il n'aurait pas osé expliquer lui-même, d'une manière aussi vague et aussi ridicule, le triomphe qu'il contribua si bien à faire obtenir au régime des *massacreurs*. On remarque une autre contradiction à la fin de ce paragraphe. L'auteur dit que la Convention n'avait qu'une poignée d'hommes pour la défendre. Cette assemblée était bien certainement alors la tête du parti révolutionnaire; on sait que toute la population de Paris s'était armée pour l'attaquer : elle n'avait donc pas pour elle le nombre et l'opinion!

« L'affaire des sections m'éleva au grade de général de division, et me valut une sorte de célébrité. Comme le parti vainqueur était inquiet de sa victoire, il me garda à Paris malgré moi, car je n'avais d'autre ambition que celle de faire la guerre dans mon nouveau grade.

» Je restai donc désoeuvré sur le pavé de Paris. Je n'y avais pas de relations; je n'avais aucune habitude de la société, et je n'allais que dans celle de Barras, où j'étais bien reçu. C'est là où j'ai vu, pour la première fois, ma femme, qui a eu une grande influence sur ma vie, et dont la mémoire me sera toujours chère.

» Je n'étais pas insensible aux charmes des femmes, mais, jusqu'alors, elles ne m'avaient pas gâté; et mon caractère me rendait timide auprès d'elles. Madame de Beauharnais est la première qui m'ait rassuré : elle m'adressa des choses flatteuses sur mes talents militaires, un jour où je me trouvai placé auprès d'elle; cet éloge m'enivra; je m'adressais continuellement à elle; je la suivais partout; j'en étais passionnément amoureux, et notre société le savait déjà, que j'étais encore loin d'oser le lui dire.

» Mon sentiment s'ébruita; Barras m'en parla. Je n'avais pas de raison pour le nier : « En ce cas, me » dit-il, il faut que vous épousiez madame de » Beauharnais. Vous avez un grade et des talents à » faire valoir; mais vous êtes isolé, sans fortune,

» sans relations ; il faut vous marier : cela donne » de l'aplomb. Madame de Beauharnais est agréable » et spirituelle, mais elle est veuve. Cet état ne » vaut plus rien aujourd'hui ; les femmes ne jouent » plus de rôles ; il faut qu'elles se marient pour » avoir de la consistance. Vous avez du caractère ; » vous ferez votre chemin. Vous lui convenez. Vou» lez-vous me charger de cette négociation ? »

» J'attendis la réponse avec anxiété. Elle fut favorable. Madame de Beauharnais m'accordait sa main ; et s'il y a eu des moments de bonheur dans ma vie, c'est à elle que je les ai dus. »

— Les dates et les faits sont ici encore une fois confondus. Ce n'est pas après le 13 vendémiaire, et lorsqu'il fut général en chef de l'armée de l'intérieur, que Buonaparte se trouva livré dans la capitale à ce désœuvrement dont tout le monde a entendu parler, mais que le maladroit romancier ne s'est rappelé que d'une manière vague. Son héros aurait certainement eu plus de mémoire ; il n'aurait peut-être pas parlé de ce désœuvrement ; mais il se serait arrêté avec plus de complaisance sur la première époque où il joua un rôle important ; il aurait donné moins de place aux préliminaires de son premier mariage ; il aurait peut-être évité de parler des causes de cette union, ou du moins il ne se serait pas exposé, en les expliquant, à recevoir un démenti que beaucoup de personnes vivantes pourraient lui donner. Mais, encore une fois, il est évident que l'auteur a fait plus d'un roman en sa vie ; ainsi l'on ne doit pas s'étonner qu'il raconte avec plus d'étendue et plus d'intérêt un premier amour, une première déclaration, qu'un événement politique et une grande bataille. Comment supposer que Buonaparte en eût fait ainsi ?

« Mon attitude dans le monde changea après mon mariage. Il s'était refait, sous le directoire, une manière d'ordre social dans lequel j'avais pris une place assez élevée. L'ambition devenait raisonnable chez moi : je pouvais aspirer à tout.

» En fait d'ambition, je n'en avais pas d'autre que celle d'obtenir un commandement en chef ; car un homme n'est rien, s'il n'est précédé d'une réputation militaire. Je croyais être sûr de faire la mienne ; car je me sentais l'instinct de la guerre ; mais je n'avais pas de droits fondés pour faire une pareille demande. Il fallait me les donner. Dans ce temps-là ce n'était pas difficile.

» L'armée d'Italie était au rebut, parce qu'on ne l'avait destinée à rien. Je pensai à la mettre en mouvement pour attaquer l'Autriche sur le point où elle avait plus de sécurité ; c'est-à-dire en Italie.

» Le directoire était en paix avec la Prusse et l'Espagne ; mais l'Autriche, soldée par l'Angleterre, fortifiait son état militaire et nous tenait tête sur le Rhin. Il était évident que nous devions faire une diversion en Italie, pour ébranler l'Autriche, pour donner une leçon aux petits princes d'Italie qui s'étaient ligués contre nous, pour donner enfin une couleur décidée à la guerre, qui n'en avait point jusqu'alors.

» Le plan était si simple, il convenait si bien au directoire, parce qu'il avait besoin de succès pour faire son crédit, que je me hâtai de le présenter, de peur d'être prévenu. Il n'éprouva pas de contradiction, et je fus nommé général en chef de l'armée d'Italie.

» Je partis pour la joindre. Elle avait reçu quelques renforts de l'armée d'Espagne, et je la trouvai forte de cinquante mille hommes dépourvus de tout, si ce n'est de bonne volonté. J'allai la mettre à l'épreuve. Peu de jours après mon arrivée, j'ordonnai un mouvement général sur toute la ligne : elle s'étendait de Nice jusqu'à Savonne. C'était au commencement d'avril 1796.

» En trois jours nous enlevâmes tous les postes austro-sardes, qui défendaient les hauteurs de la Ligurie. L'ennemi, attaqué brusquement, se rassembla. Nous le rencontrâmes, le 10, à Montenotte ; il fut battu. Le 14, nous l'attaquâmes à Millesino ; il fut encore battu, et nous séparâmes les Autrichiens des Piémontais. Ceux-ci vinrent prendre position à Mondovi, tandis que les Autrichiens se retiraient sur le Pô, pour couvrir la Lombardie.

» Je battis les Piémontais. En trois jours, je m'emparai de toutes les positions du Piémont, et nous étions à neuf lieues de Turin, lorsque je reçus un aide-de-camp qui venait demander la paix.»

— L'auteur du roman, qui vient de s'étendre avec tant de complaisance sur les premières amours de son héros, passe de la manière la plus rapide et la plus insignifiante sur les événements auxquels celui-ci n'eût pas manqué de s'arrêter long-temps, et il rapporte ces événements, comme eût pu le faire l'homme le plus étranger à l'art de la guerre. Personne n'ignore que les premières opérations de Buonaparte, à la tête de l'armée d'Italie, forment l'époque la plus brillante de sa carrière; qu'elles sont, comme il l'a dit lui-même, le *piédestal* de sa gloire militaire. Son début étonna alors toute l'Europe, et les gens du métier ont long-temps cherché à pénétrer les causes de succès aussi étonnants. Il est difficile de croire que, si Buonaparte venait à écrire quelque chose sur de tels faits, il ne fît pas connaître des circonstances nouvelles, des causes ignorées, ou du moins qu'il ne laissât pas échapper quelques éclaircissements utiles pour l'histoire, lors même qu'il voudrait les cacher. Loin de là, on ne trouve dans ce passage, l'un des plus ridicules de l'ouvrage, qu'une énonciation vague et un sommaire incomplet de gazette, enfin un récit tel qu'aurait pu le faire un habitant de la Chine qui aurait entendu parler une seule fois en sa vie de ces événements ! Et c'est un pareil écrit que l'on met au-dessus de Tacite, que l'on ose préférer à César, écrivant ses commentaires! *Risum teneatis*?

« Je me regardais alors, pour la première fois, non plus comme un simple général, mais comme un homme appelé à influer sur le sort des peuples. Je me vis dans l'histoire.

» Cette paix changeait mon plan. Il ne se bornait plus à faire la guerre en Italie, mais à la conquérir. Je sentais qu'en élargissant le terrain de la révolution, je donnais une base plus solide à son édifice. C'était le meilleur moyen d'assurer son succès.

» La cour de Piémont nous avait cédé toutes ses places fortes; elle nous avait remis ses pays. Nous étions maîtres, par-là, des Alpes et des Apennins; nous étions assurés de nos points d'appui et tranquilles sur notre retraite.

» Dans une si belle position, j'allai attaquer les Autrichiens. Je passai le Pô à Plaisance, et l'Adda à Lodi : ce ne fut pas sans peine; mais Beaulieu se retira, et j'entrai dans Milan.

» Les Autrichiens firent des efforts incroyables pour reprendre l'Italie. Je fus obligé de défaire cinq fois leurs armées pour en venir à bout.

» Maître de l'Italie, il fallait y établir le système de la révolution, afin d'attirer ce pays à la France par des principes et des intérêts communs : c'est-à-dire, qu'il fallait y détruire l'ancien régime pour y établir l'égalité, parce qu'elle est la cheville ouvrière de la révolution. J'allais donc avoir sur les bras le clergé, la noblesse, et tout ce qui vivait à leur table. Je prévoyais ces résistances, et je résolus de les vaincre par l'autorité des armes et sans ameuter le peuple.

» J'avais fait de grandes actions; mais il fallait prendre un langage et une attitude analogues. La révolution avait détruit chez nous toute espèce de dignité ; je ne pouvais pas rendre à la France une pompe royale : je lui donnai le lustre des victoires et le langage du maître.

» Je voulais devenir le protecteur de l'Italie et non son conquérant. J'y suis parvenu en maintenant la discipline de l'armée, en punissant sévèrement les révoltes, et surtout en instituant la république cisalpine. Par cette institution, je satisfaisais le vœu prononcé des Italiens, celui d'être indépendants. Je leur donnai ainsi de grandes espérances; il ne dépendait que d'eux de les réaliser en se liant à notre cause. C'étaient des alliés que je donnais à la France.

» Cette alliance durera long-temps entre les deux peuples, parce qu'elle s'est fondée sur des services et des intérêts communs. Ces deux peuples ont les mêmes opinions et les mêmes mobiles. Ils auraient conservé, sans moi, leur vieille inimitié.

» Sûr de l'Italie, je ne craignis pas de m'aventurer jusqu'au centre de l'Autriche ; j'arrivai jusqu'à la vue de Vienne, et je signai là le traité de Campo-Formio. Ce fut un acte glorieux pour la France. »

— Nous voilà arrivés au dénouement de la première guerre d'Italie, et nous avons déjà parcouru, dans une seule page, deux ans de la lutte la plus pénible qui ait eu lieu dans toute cette guerre. On n'y trouve pas un seul trait sur le siége et la prise de Mantoue, sur les batailles qui précédèrent et suivirent ce grand événement, sur les défaites de Wurmser et d'Alvinzy, sur les moyens qui les préparèrent, etc. Il me semble que ces opérations doivent être assez bien gravées dans la mémoire de Buonaparte. A moins que l'auteur du roman ne veuille faire honneur de cette réserve à la modestie de son héros, il est évident qu'il a reconnu son insuffisance pour se mettre à sa place avec quelque vraisemblance dans des circonstances aussi importantes. On aurait bien aussi quelque droit d'attendre dans cette occasion, de la part de Buonaparte, écrivant ses confessions, quelques éclaircissements sur ses agressions contre différents souverains d'Italie, qui étaient en paix avec la république, bien que l'auteur les ait représentés comme ligués contre elle; enfin on pourrait aussi désirer qu'il se fût expliqué relativement aux massacres et au sac de Pavie, de Binasco, etc. Sur cela, on ne peut pas dire que ce soit la modestie qui doive lui imposer silence.

« Le parti que j'avais favorisé au 18 fructidor était

resté maître de la république. Je l'avais favorisé, parce que c'était le mien, et parce que c'était le seul qui pût faire marcher la révolution. Or, plus je m'étais mêlé des affaires, plus je m'étais convaincu qu'il fallait achever cette révolution, parce qu'elle était le fruit du siècle et des opinions. Tout ce qui retardait sa marche ne servait qu'à prolonger la crise ».

—Les opinions révolutionnaires de l'auteur se montrent ici à découvert, et, certes, elles ne ressemblent guère à celles de Buonaparte, qui ne fut jamais révolutionnaire que par calcul, et qui sut bien éteindre l'esprit de révolution, lorsqu'il n'en eut plus besoin pour s'élever. Il ne regardait donc pas la révolution comme le *fruit du siècle*; et d'ailleurs ce qu'on lui en fait dire ici est tout-à-fait inexact. Les idées révolutionnaires étaient, à cette époque (1798), dans une progression descendante beaucoup plus qu'ascendante; et il les a réduites à un silence absolu dès qu'il en a eu le pouvoir.

« La paix était faite sur le continent; nous n'étions plus en guerre qu'avec l'Angleterre; mais, faute de champ de bataille, cette guerre nous laissait dans l'inaction.

» J'avais la conscience de mes moyens; ils étaient de nature à me mettre en évidence; mais ils n'avaient point d'emploi. Je savais cependant qu'il fallait fixer l'attention pour rester en vue, et qu'il fallait tenter, pour cela, des choses extraordinaires, parce que les hommes savent gré de les étonner. C'est en vertu de cette opinion, que j'ai imaginé l'expédition d'Egypte. On a voulu l'attribuer à de profondes combinaisons de ma part; je n'en avais pas d'autre que celle de ne pas rester oisif après la paix que je venais de conclure.

» Cette expédition devait donner une grande idée de la puissance de la France; elle devait attirer l'attention sur son chef; elle devait surprendre l'Europe par sa hardiesse. C'étaient plus de motifs qu'il n'en fallait pour la tenter; mais je n'avais pas alors la moindre envie de détrôner le grand-turc, ni de me faire pacha.

» Je préparais le départ dans un profond secret. Il était nécessaire au succès, et il ajoutait au caractère singulier de l'expédition.

» La flotte mit à la voile. J'étais obligé de détruire, en passant, cette gentilhommière de Malte, parce qu'elle ne servait qu'aux Anglais. Je craignais que quelque vieux levain de gloire ne portât ces chevaliers à se défendre et à me retarder; ils se rendirent, par bonheur, plus honteusement que je ne m'en étais flatté.

» La bataille d'Aboukir détruisit la flotte et livra la mer aux Anglais. Je compris, dès ce moment, que l'expédition ne pouvait se terminer que par une catastrophe; car toute armée qui ne se recrute pas, finit toujours par capituler un peu plus tôt ou un peu plus tard.

» Il fallait en attendant rester en Egypte, puisqu'il n'y avait pas moyen d'en sortir. Je me décidai à faire bonne mine à mauvais jeu. J'y réussis assez bien.

» J'avais une belle armée; il fallait l'occuper, et j'achevai la conquête de l'Egypte pour employer son temps à quelque chose. J'ai livré, par-là, aux sciences le plus beau champ qu'elles aient jamais exploité.

» Nos soldats étaient un peu surpris de se trouver dans l'héritage de Sésostris; mais ils prirent bien la chose, et il était si étrange de voir un Français au milieu de ces ruines, qu'ils s'en amusaient eux-mêmes.

» N'ayant plus rien à faire en Egypte, il me parut curieux d'aller en Palestine, et d'en tenter la conquête. Cette expédition avait quelque chose de fabuleux : je m'y laissai séduire. Je fus mal informé des obstacles qu'on m'opposerait, et je ne pris pas assez de troupes avec moi.

» Parvenu au-delà du désert, j'appris qu'on avait rassemblé des forces à St.-Jean-d'Acre. Je ne pouvais pas les mépriser; il fallut y marcher. La place était défendue par un ingénieur français; je m'en aperçus à sa résistance; il fallut lever le siége; la retraite fut pénible. Je luttai pour la première fois contre les éléments; mais nous n'en fûmes pas vaincus. »

—On ne pouvait pas faire avouer avec plus de naïveté, à Buonaparte, qu'il n'y eut de sa part ni prévoyance ni sagesse dans l'opération la plus périlleuse et la plus funeste que la France ait formée depuis les Croisades. Elle y a perdu sa plus belle armée, les restes de sa marine; et c'était pour ne pas *rester oisif!* c'était pour *étonner la France*, pour *surprendre l'Europe!* On a dit dans les gazettes et dans les brochures les plus méprisées, des choses moins ridicules pour excuser cette folle entreprise.

Après lui avoir fait dire que l'*oisiveté* le conduisit en Egypte, son interprète lui fait déclarer que ce fut par *curiosité* qu'il entreprit de conquérir la Syrie. Ses soldats expièrent bien cruellement cette curiosité à St.-Jean-d'Acre et à Jaffa. Tous les mémoires et toutes les relations ont donné sur cela des détails horribles. Ils ont accusé le général en chef de la manière la plus positive; ces accusations sont restées sans réponse; ainsi il est probable qu'il n'a rien de fort bon à répliquer. Mais, encore une fois, c'est précisément cette difficulté qui doit l'empêcher, pour toujours, de publier des Mémoires; elle aurait aussi dû arrêter l'auteur de son roman; mais celui-ci n'a vu que la surface de son sujet; il n'a pas pris le temps d'en examiner les détails, d'en apprécier les conséquences; et après en avoir conçu l'idée sans réflexion, il l'a écrit comme il eût fait de tout autre roman, par oisiveté, à peu près comme son héros a fait l'expédition d'Egypte. Napoléon sentait bien, au temps de sa puissance, que le silence était le seul remède qu'il dût appliquer à certaines époques de sa vie; et jamais il n'a permis de le louer sur cette expédition, même aux gens qui l'ont loué sous tant de rapports.

On lui fait avouer, dans ce même paragraphe, que ce ne fut qu'après la destruction de sa flotte, qu'il vit tous les dangers auxquels il s'était si imprudemment exposé. Ce n'était pas là, il faut en convenir, une preuve de beaucoup de pénétration et de sagacité de la part d'un homme qui vient de dire que *la mobilité des fibres de son cerveau le faisait penser plus vite que les autres.*

« De retour en Egypte, je reçus des journaux par la voie de Tunis; ils m'apprirent l'état déplorable de la France, l'avilissement du directoire et le succès de la coalition. Je crus pouvoir servir mon pays une seconde fois. Aucun motif ne me retenait en Egypte : c'était une entreprise épuisée. Tout général était bon pour signer une capitulation que le temps rendrait inévitable, et je partis sans autre dessein que celui de reparaître à la tête des armées pour y ramener la victoire.

» Débarqué à Fréjus, ma présence excita l'enthousiasme du peuple; ma gloire militaire rassurait tous ceux qui avaient peur d'être battus; c'était une affluence sur mon passage; mon voyage eut l'air d'un triomphe, et je compris, en arrivant à Paris, que je pouvais tout en France. »

— On ne fait pas dire un seul mot à Buonaparte de la bataille d'Aboukir, dans laquelle il détruisi l'armée turque. Cette victoire fut cependant d'une grande importance pour lui et pour son armée; sans elle son retour était impossible.

Il n'est pas vrai qu'il reçut alors des journaux par Tunis ; les nouvelles d'Europe lui parvinrent par la correspondance officielle. Cette correspondance se fit presque sans interruption, et les minutes en existent dans les archives royales, où l'auteur du roman eût pu les consulter. Il présente ensuite le départ de son héros pour l'Europe sous un point de vue entièrement faux. Ce départ a souvent été reproché à Buonaparte comme une désertion, et ce reproche serait fondé s'il était vrai qu'il n'eût pas reçu des ordres de son gouvernement. Le ton de mépris qu'on lui fait prendre à l'égard du général auquel il laissa le commandement, n'est pas moins déplacé quand on se rappelle que ce général était Klébert; ce n'était certainement pas là un homme qu'il ne dût croire capable que de *signer une capitulation !*

Buonaparte vint de Fréjus à Paris en moins de huit jours ; il ne s'arrêta nulle part, et il sortit à peine de sa voiture. Personne n'était prévenu de son arrivée, et il n'y eut, sur son passage, aucune affluence, ni rien qui eût l'air d'un triomphe. Ce nouveau mensonge est peu important; mais il prouve que l'auteur du manuscrit est étranger à tout ce qui regarde son héros, même aux plus petites circonstances.

« La faiblesse du gouvernement l'avait mise à deux doigts de sa perte : j'y trouvai l'anarchie. Tout le monde voulait sauver la patrie, et proposait des plans en conséquence. On venait m'en faire confidence; j'étais le pivot des conspirations; mais il n'y avait pas un homme à la tête de ces projets, qui fût capable de les mener. Ils comptaient tous sur moi, parce qu'il leur fallait une épée. Je ne comptais sur personne, et je fus maître de choisir le plan qui me convenait le mieux.

» La fortune me portait à la tête de l'Etat. J'allais me trouver maître de la révolution; car je ne voulais pas en être le chef: le rôle ne me convenait pas. J'étais donc appelé à préparer le sort à venir de la France, et peut être celui du monde.

» Mais il fallait auparavant faire la guerre, faire la paix, assouvir les factions, fonder mon autorité. Il fallait remuer cette grosse machine qu'on appelle le gouvernement. Je connaissais le poids de ces résistances, et j'aurais préféré alors le simple métier de la guerre; car j'aimais l'autorité du quartier-général et l'émotion du champ de bataille. Je me sentais enfin, dans ce moment, plus de disposition pour relever l'ascendant militaire de la France que pour la gouverner.

» Mais je n'avais pas de choix dans ma destination; car il m'était facile de voir que le règne du directoire touchait à sa fin, qu'il fallait mettre à sa place une autorité imposante pour sauver l'Etat, qu'il n'y a de vraiment imposant que la gloire militaire. Le directoire ne pouvait donc être remplacé que par moi ou par l'anarchie. Ce choix de la France n'était

3..

pas douteux. L'opinion publique éclairait à cet égard la mienne.

» Je proposai de remplacer le directoire par un consulat : tellement j'étais éloigné alors de concevoir l'idée d'un pouvoir souverain. Les républicains proposèrent d'élire deux consuls ; j'en demandai trois, parce que je ne voulais pas être appareillé. Le premier rang m'appartenait de droit dans cette trinité : c'était tout ce que je voulais.

» Les républicains se défièrent de ma proposition. Ils entrevirent un élément de dictature dans ce triumvirat. Ils se liguèrent contre moi. La présence même de Sieyes ne pouvait les rassurer. Il s'était chargé de faire une constitution ; mais les jacobins redoutaient plus mon épée qu'ils ne se fiaient à la plume de leur vieil abbé.

» Tous les partis se rangèrent alors sous deux bannières : d'un côté se trouvaient les républicains, qui s'opposaient à mon élévation ; de l'autre, était toute la France qui la demandait. Elle était donc inévitable à cette époque, parce que la majorité finit toujours par l'emporter. Les premiers avaient établi leur quartier-général dans le conseil des Cinq-Cents ; ils firent une belle défense ; il fallut gagner la bataille de St-Cloud pour achever cette révolution. J'avais cru un moment qu'elle se ferait par acclamation. »

—Voilà encore une fois un tableau bien incomplet d'un événement important, d'une révolution qui forme, dans la vie de Buonaparte, une seconde époque, et sur laquelle il a été répandu tant de versions diverses. On a publié que Barras crut l'avoir décidé à entrer dans les intérêts des Bourbons, que le Corse feignit, pendant plusieurs jours, de vouloir y concourir, et qu'il profita ensuite des confidences qui lui furent faites pour ses propres intérêts. Cette révélation, qui est publique depuis long-temps, méritait bien quelques explications. Buonaparte eût peut-être fait sur cela un aveu dont l'histoire n'a pas besoin, il est vrai; mais qui eût au moins contribué à lever quelques doutes. Il n'eût pas dit ensuite que les *républicains firent une belle défense*. Tout le monde sait qu'ils prirent la fuite à la première démonstration, et que la victoire resta aux moins poltrons; car Napoléon fut loin d'y montrer du courage.

« Le vœu public venait de me donner la première place de l'Etat; la résistance qu'on avait opposée ne m'inquiétait pas, parce qu'elle ne venait que des gens flétris par l'opinion. Les royalistes n'avaient pas paru : ils avaient été pris sur le temps. La masse de la nation avait confiance en moi, car elle savait bien que la révolution ne pouvait pas avoir de meilleure garantie que la mienne. Je n'avais de force qu'en me plaçant à la tête des intérêts qu'elle avait créés, puisqu'en la faisant rétrograder, je me serais trouvé sur le terrain des Bourbons.

» Il fallait que tout fût neuf dans la nature de mon pouvoir, afin que toutes les ambitions y trouvassent de quoi vivre; mais il n'y avait rien de défini dans sa nature, et c'était son défaut.

» Je n'étais, par la constitution, que le premier magistrat de la république ; mais j'avais une épée pour bâton de commandement. Il y avait incompatibilité entre mes droits constitutionnels et l'ascendant que je tenais de mon caractère et de mes actions. Le public le sentait comme moi ; la chose ne pouvait pas durer ainsi, et chacun prenait ses mesures en conséquence.

» Je trouvais des courtisans plus que je n'en avais besoin. On faisait queue. Aussi n'étais-je nullement en peine du chemin que faisait mon autorité ; mais je l'étais beaucoup de la situation matérielle de la France. »

— Le *voeu public* avait été pour fort peu de chose dans la révolution du 18 brumaire, et dans la constitution qui était venue à la suite. Tout s'était passé entre Buonaparte et une trentaine de conjurés : ce sont des circonstances qu'il ne peut oublier. En formant cette entreprise, le voeu public fut la chose dont il s'occupa le moins ; et, comme il le dit plus bas, dès qu'il eut réussi, son épée dut être le bâton de commandement. La masse de la nation ne voulait point alors que la révolution eût une *garantie ;* elle voulait, au contraire, bien positivement qu'on y mît un terme. Mais le romancier, qui est beaucoup plus révolutionnaire que ne le fut jamais Buonaparte, veut absolument que la majorité des Français ait concouru à la révolution, et il est probable qu'il a quelque intérêt à ce qu'elle soit *garantie.*

« Nous nous étions laissés battre ; les Autrichiens avaient reconquis l'Italie et détruit mon ouvrage ; nous n'avions plus d'armée pour reprendre l'offensive. Il n'y avait pas un sou dans les caisses, et aucun moyen de les remplir. La conscription ne s'exécutait que sous le bon plaisir des maires. Sieyes nous avait fait une constitution paresseuse et bavarde qui entravait tout ; tout ce qui constitue la force d'un état était anéanti ; il ne subsistait que ce qui fait sa faiblesse.

» Forcé par ma position, je crus devoir demander la paix ; je le pouvais alors de bonne foi, parce qu'elle était une fortune pour moi : plus tard, elle n'eût été qu'une ignominie.

» M. Pitt la refusa, et jamais homme d'état n'a fait une plus lourde faute ; car ce moment a été le seul où les alliés auraient pu la conclure avec sécurité : car la France, en demandant la paix, se reconnaissait vaincue ; et les peuples se relèvent de tous les revers, si ce n'est de consentir à leur opprobre.

» M. Pitt la refusa. Il m'a sauvé une grande faute, et il a étendu l'empire de la révolution sur toute l'Europe ; empire que ma chute n'est pas même parvenue à détruire. Il l'aurait borné à la France, s'il avait voulu alors la laisser à elle-même. »

—Il est possible que Buonaparte ait dit cela en 1812, lorsqu'il était à l'apogée de son élévation ; mais le lui faire dire en 1817, lui faire parler avec un tel mépris de la politique anglaise, lorsque cette politique a renversé sa puissance !... Sans doute il doit haïr bien profondément les ministres qui l'ont réduit à l'état d'humiliation où il se trouve ; mais c'est un grossier contre-sens que de supposer qu'il puisse les mépriser.

En se mettant à sa place avec plus d'adresse, l'auteur du roman aurait dû sentir que Buonaparte n'a pas plus le droit aujourd'hui de se moquer de la politique anglaise que des armées *mécaniques*.

« Il me fallut donc faire la guerre. Masséna se défendait dans Gênes ; mais les armées de la république n'osaient plus repasser ni le Rhin ni les Alpes. Il fallait donc rentrer en Italie et en Allemagne pour dicter une seconde fois la paix à l'Autriche. Tel était mon plan ; mais je n'avais ni soldats, ni canons, ni fusils.

» J'appelai les conscrits ; je fis forger des armes ; je réveillai le sentiment de l'honneur national, qui n'est jamais qu'assoupi chez les Français. Je ramassai une armée. La moitié ne portait que des habits de paysans. L'Europe riait de mes soldats : elle a payé chèrement ce moment de plaisir.

» On ne pouvait cependant entreprendre ouvertement une campagne avec une telle armée ; il fallait au moins étonner l'ennemi et profiter de sa surprise. Le général Suchet l'attirait vers les gorges de Nice. Masséna prolongeait jour à jour la défense de Gênes. Je pars : je m'avance vers les Alpes ; ma présence, la grandeur de l'entreprise, ranimèrent les soldats ;

Ils n'avaient pas de souliers, mais ils semblaien tous marcher à l'avant-garde. »

— Ce tableau que Buonaparte est supposé faire de la situation de la France au moment où il s'empara du pouvoir, est tout-à-fait inexact.

La Russie venait de se retirer de la coalition et de laisser seule l'Autriche aux prises avec la république. On ne manquait pas d'armes dans les arsenaux ; les conscrits étaient plus soumis qu'on ne veut le faire croire, et ils ne parurent pas sur le champ de bataille *sans souliers* et en *habits de paysans.*

Les souverains qu'ils allaient combattre n'en ont certainement pas ri ; et si les étrangers ont fait quelques fautes dans cette guerre, ce n'est pas assurément de s'être moqué des soldats français.

« Dans aucun temps de ma vie, je n'ai éprouvé de sentiment pareil à celui que je sentis en pénétrant dans les gorges des Alpes. Les échos retentissaient des cris de l'armée. Ils m'annonçaient une victoire incertaine, mais probable. J'allais revoir l'Italie, théâtre de mes premières armes. Mes canons gravissaient lentement ces rochers. Mes premiers grenadiers atteignirent enfin la cime du St.-Bernard. Ils jetèrent en l'air leurs chapeaux garnis de plumets rouges, en jetant des cris de joie. Les Alpes étaient franchies, et nous débordâmes comme un torrent.

» Le général Lasnes commandait l'avant-garde. Il

courut prendre Ivrée, Verceil, Pavie, et s'assura du passage du Pô. Toute l'armée le passa sans obstacles.

» Nous étions tous jeunes dans ce temps, soldats et généraux. Nous avions notre fortune à faire; nous comptions les fatigues pour rien, les dangers pour moins encore. Nous étions insouciants sur tout, si ce n'est sur la gloire, qui ne s'obtient que sur les champs de bataille.

» Au bruit de mon arrivée, les Autrichiens manœuvrèrent sur Alexandrie. Accumulés dans cette place, au moment où je parus devant les murs, leurs colonnes vinrent se déployer en avant de la Bormida. Je les fis attaquer. Leur artillerie était supérieure à la mienne; elle ébranla nos jeunes bataillons. Ils perdirent du terrain. La ligne n'était conservée que par deux bataillons de la garde et par la 45e. Mais j'attendais des corps qui marchaient en échelons. La division de Desaix arrive : toute la ligne se rallie; Desaix forme sa colonne d'attaque, et enlève le village de Marengo, où s'appuyait le centre de l'ennemi. Ce grand général fut tué au moment où il décidait une immortelle victoire.

» L'ennemi se jeta sous les remparts d'Alexandrie; les ponts étaient trop étroits pour le recevoir; une bagarre affreuse s'y passa; nous prenions des masses d'artillerie et des bataillons entiers. Refoulés au-delà du Tanaro, sans communication, sans retraite, menacés sur leurs derrières par Masséna et par Suchet, n'ayant en front qu'une armée victorieuse, les Autrichiens reçurent la loi. Mélas implora une capitulation ; elle fut inouïe dans les fastes de la guerre : l'Italie entière me fut restituée, et l'armée vaincue vint déposer ses armes aux pieds de nos conscrits.

» Ce jour a été le plus beau de ma vie ; car il a été un des plus beaux pour la France. Tout était changé pour elle ; elle allait jouir d'une paix qu'elle avait conquise ; elle s'endormait comme un lion ; elle allait être heureuse parce qu'elle était grande. »

— Si jamais Buonaparte lit cet écrit, on peut être assuré qu'il ne pardonnera pas à l'auteur d'avoir tenté de lui ravir le principal honneur de la victoire de Marengo. C'est le connaître bien peu que de mettre dans sa bouche un pareil aveu. Au reste, il est aujourd'hui démontré que cet honneur n'appartient ni à Desaix ni à Buonaparte ; que la bravoure de quelques bataillons français et la maladresse du général autrichien Mélas, en furent les causes principales. L'armée française était dans la position la plus critique, et si elle eût été battue, elle était perdue sans ressources, n'ayant pas d'autre retraite que les défilés par où son imprudent général l'avait fait pénétrer.

« Les factions semblaient se taire ; tant d'éclat les étouffait. La Vendée se pacifiait (1) ; les jacobins étaient forcés de me remercier de ma victoire, car elle était à leur profit. Je n'avais plus de rivaux.

(1) La Vendée avait été pacifiée complètement six mois avant la bataille de Marengo.

» Le danger commun et l'enthousiame public avaient allié momentanément les partis. La sécurité les divisa. Partout où il n'y a pas un centre de pouvoir incontestable, il se trouve des hommes qui espèrent l'attirer à eux : c'est ce qui arriva au mien. Mon autorité n'était qu'une magistrature temporaire ; elle n'était donc pas inébranlable. Les gens qui avaient de la vanité et se croyaient du talent, commencèrent une campagne contre moi ; ils choisirent le tribunat pour leur place d'armes. Là, ils se mirent à m'attaquer sous le nom de pouvoir exécutif.

» Si j'avais cédé à leurs déclarations, c'en était fait de l'État. Il avait trop d'ennemis pour diviser ses forces, et perdre son temps en paroles. On venait d'en faire une rude épreuve ; mais elle n'avait pas suffi pour faire taire cette espèce d'hommes qui préfèrent les intérêts de leur vanité à ceux de leur patrie. Ils s'amusèrent, pour faire leur popularité, à refuser les impôts, à décrier le gouvernement, à entraver sa marche ainsi que le recrutement des troupes.

» Avec ces manières-là nous aurions été en quinze jours la proie de l'ennemi. Nous n'étions pas encore de force à le hasarder. Mon pouvoir était trop neuf pour être invulnérable ; le consulat allait finir comme le directoire, si je n'avais pas détruit cette opposition par un coup d'état. Je renvoyai les tribuns factieux, on appela cela éliminer ; le mot fit fortune.

» Ce petit événement, qu'on a sûrement oublié aujourd'hui, changea la constitution de la France, parce qu'il me fit rompre avec la république ; car il n'y en avait plus du moment que la représentation nationale n'était plus sacrée.

» Ce changement était forcé dans la situation où je trouvais la France vis-à-vis de l'Europe et d'elle-même. La révolution avait des ennemis trop acharnés au-dedans et au-dehors, pour qu'elle ne fût pas forcée d'adopter une forme dictatoriale, comme toutes les républiques dans les moments de danger. Les autorités à contre-poids ne sont bonnes qu'en temps de paix. Il fallait renforcer au contraire celle qu'on m'avait confiée chaque fois qu'elle avait couru un danger, afin de prévenir les rechutes. »

— Le tribunat n'a jamais eu assez de force et de courage pour entraver le recrutement des troupes. Son opposition ne se manifesta alors qu'à l'occasion de quelques lois de finances et de l'établissement des codes et des tribunaux spéciaux. Ce n'est pas le public qui donna à l'expulsion d'une partie des tribuns le nom d'*élimination ;* cette expression fut celle de l'ordonnance qui prononça l'expulsion. Ce mot n'a été répété dans le public avec quelque complaisance que parce que les tribuns *éliminés* inspiraient peu d'intérêt, et qu'ils tenaient tous au parti révolutionnaire. Au reste il est probable que Buonaparte, à Ste.-Hélène, ne pense guère à l'histoire du tribunat. L'auteur du roman a peut-être des raisons pour s'en ressouvenir davantage.

« J'aurais peut-être mieux fait d'obtenir franchement cette dictature, puisqu'on m'accusait d'y aspirer. Chacun aurait jugé de ce qu'on appelait mon ambition : cela aurait, je crois, mieux valu; car les monstres sont plus gros de loin que de près. La dictature aurait eu l'avantage de ne rien présager pour l'avenir, de laisser les opinions dans leur entier, et d'intimider l'ennemi, en lui montrant la résolution de la France.

» Mais je m'apercevais que cette autorité venait d'elle-même se placer dans mes mains; je n'avais donc pas besoin de la recevoir officiellement; elle s'exerçait de fait et non de droit; elle suffisait pour passer la crise et sauver la France et la révolution.

» Ma tâche était donc de terminer cette révolution, en lui donnant un caractère légal, afin qu'elle pût être reconnue et légitimée par le droit public de l'Europe. Toutes les révolutions ont passé par les mêmes combats : la nôtre ne pouvait pas en être exempte; mais elle devait, à son tour, prendre son droit de bourgeoisie.

» Je savais qu'avant de le proposer, il fallait en arrêter les principes, en consolider la législation et en détruire les excès. Je me crus assez fort pour y réussir, et je ne me trompai pas.

» Quel que fût mon desir de faire à la révolution un établissement stable, je voyais clairement que je ne pourrais y parvenir qu'après avoir vaincu de grandes résistances; car il y avait antipathie nécessaire entre les anciens et les nouveaux régimes. Ils formaient deux masses dont les intérêts étaient précisément en sens inverse. Tous les gouvernements qui subsistaient encore en vertu de l'ancien droit public, se voyaient exposés par les principes de la révolution; et celle-ci n'avait de garantie qu'en traitant avec l'ennemi, ou qu'en l'écrasant, s'il refusait de la reconnaître.

» Cette lutte devait décider en dernier ressort du renouvellement de l'ordre social de l'Europe. J'étais à la tête de la grande faction qui voulait anéantir le système sur lequel roulait le monde depuis la chute des Romains. Comme tel, j'étais en butte à la haine de tout ce qui avait intérêt à conserver cette rouille gothique. Un caractère moins entier que le mien aurait pu louvoyer pour laisser une partie de cette question à décider au temps.

» Mais dès que j'eus vu le fond du cœur de ces deux factions; dès que j'eus vu qu'elles partageaient le monde, comme au temps de la réformation, je compris que tout pacte était impossible entre elles, parce que leurs intérêts se froissaient trop. Je compris que plus on abrégerait la crise, mieux les peuples s'en trouveraient. Il fallait avoir pour nous la moitié plus un de l'Europe, afin que la balance penchât de notre côté. Je ne pouvais disposer de ce poids qu'en vertu de la loi du plus fort, parce que c'est la seule qui ait cours entre les peuples. Il fallait donc que je fusse le plus fort de toute nécessité; car je n'étais pas seulement chargé de gouverner la France, mais de lui soumettre le monde; sans quoi le monde l'aurait anéantie.

» Je n'ai jamais eu de choix dans les partis que j'ai pris; ils ont toujours été commandés par les événements, parce que le danger était toujours éminent, et le 31 mars a prouvé à quel point il était à redouter, et s'il était facile de faire vivre en paix les vieux et les nouveaux régimes.

» Il m'était donc aisé de prévoir que tant qu'il y aurait parité de forces entre ces deux systèmes, il y aurait entre eux guerre ouverte ou secrète. Les paix qu'ils signeraient ne pourraient être que des haltes pour respirer. Il fallait donc que la France, comme le chef-lieu de la révolution, se tînt en mesure de résister à la tempête. Il fallait donc qu'il y eût unité dans le gouvernement, pour qu'il pût être fort; union dans la nation, pour que tous ses moyens tendissent au même but, et confiance dans le peuple, pour qu'il consentît aux sacrifices nécessaires pour assurer sa conquête.

» Or tout était précaire dans le système du consulat, parce que rien n'y était à sa véritable place. Il y existait une république de nom, une souveraineté de fait, une représentation nationale faible, un pouvoir exécutif fort, des autorités soumises et une armée prépondérante.

» Je sentais la faiblesse de ma position, le ridicule de mon consulat; il fallait établir quelque chose de solide, pour servir de point d'appui à la révolution. Je fus nommé consul à vie : c'était une suzeraineté viagère, insuffisante en elle-même, puisqu'elle plaçait une date dans l'avenir, et que rien ne gâte la confiance comme la prévoyance d'un changement; mais elle était passable pour le moment où elle fut établie. »

« Dans l'intervalle que m'avait laissé la trève d'Amiens, j'avais hasardé une expédition imprudente, qu'on m'a reprochée et avec raison; elle ne valait rien en soi.

» J'avais essayé de reprendre St.-Domingue; j'avais de bons motifs pour le tenter : les alliés haïssaient trop la France pour qu'elle osât rester dans l'inaction pendant la paix. Il fallait donner une pâture à la curiosité des oisifs; il fallait tenir constamment l'armée en mouvement pour l'empêcher de s'endormir. Enfin, j'étais bien aise d'essayer les marins.

» Du reste, l'expédition a été mal conduite; partout où je n'ai pas été, les choses ont été mal. Cela revenait d'ailleurs assez au même; car il était facile de voir que le ministère anglais allait rompre la trève, et si nous avions reconquis Saint-Domingue, ce n'aurait été que pour eux. »

— L'auteur continue à montrer un grand intérêt pour la révolution, et il se trahit sans cesse en revenant à sa manière et à ses principes :

Naturam expellas furcâ, tamen usque recurret.

Buonaparte fit sans doute beaucoup pour la révolution; parce que, sans elle, il n'eût rien été; mais lorsqu'il se vit au faîte du pouvoir, loin de s'y montrer attaché, tous ses efforts tendirent à reconstruire l'ancien édifice sur le même plan; et il est vraisemblable qu'il se serait fort bien arrangé de sa *gothicité*, s'il fût né sur le trône.

L'oisiveté l'avait conduit en Egypte, la curiosité

en Syrie ; ce fut pour donner une *pâture à la curiosité des oisifs* qu'il *hasarda* l'expédition de St.-Domingue, qui *était imprudente et qui ne valait rien en soi!* Et il ajoute : *les choses ont été mal partout où je n'ai pas été.* Mais n'était-il donc pas en Egypte, en Russie, à Waterloo, etc. ?

« Chaque jour augmentait ma sécurité, lorsque l'événement du 3 nivôse m'apprit que j'étais sur un volcan. Cette conspiration fut imprévue : c'est la seule que la police n'ait pas déjouée d'avance ; elle n'avait pas de confidents, c'est pourquoi elle a réussi (1).

» J'échappai par un miracle. L'intérêt qu'on me témoigna me dédommagea amplement ; on avait mal choisi le moment pour conspirer : rien n'était prêt en France pour les Bourbons.

» On chercha les coupables. Je le dis avec vérité, je n'en accusais que les Brutus du coin. En fait de crimes, on était toujours disposé à leur en faire honneur.

» Les républicains s'effrayaient de la hauteur où me portaient les circonstances ; ils se défiaient de l'usage que j'allais faire de ce pouvoir ; ils redoutaient que je ne remontasse une vieille royauté à l'aide de mon armée. Les royalistes fomentaient ce bruit, et se plaisaient à me présenter comme un singe des anciens monarques. D'autres royalistes,

(1) Il y a ici encore deux anachronismes. Le 3 nivôse a précédé de deux ans l'expédition de Saint-Domingue, et il est également antérieur au consulat à vie.

plus adroits, répandaient sourdement que je m'étais enthousiasmé du rôle de Monck, et que je ne prenais la peine de restaurer le pouvoir que pour en faire hommage aux Bourbons, lorsqu'il serait en état de leur être offert.

» Les têtes médiocres, qui ne mesuraient pas ma force, ajoutaient foi à ces bruits; ils accréditaient le parti royaliste, et me décriaient dans le peuple et dans l'armée; car ils commençaient à douter de mon attachement à leur cause. Je ne pouvais pas laisser courir une telle opinion, parce qu'elle tendait à nous désunir. Il fallait, à tout prix, détromper la France, les royalistes et l'Europe, afin qu'ils sussent tous à quoi s'en tenir avec moi. Une persécution de détails contre des propos, ne produit jamais qu'un mauvais effet, parce qu'elle n'attaque pas le mal à sa racine. D'ailleurs ce moyen est devenu impossible, dans ce siècle de sollicitation, où l'exil d'une femme remua toute la France.

» Il s'offrit, malheureusement à moi, dans ce moment décisif, un de ces coups du hasard qui détruisent les meilleures résolutions. La police découvrit de petites menées royalistes, dont le foyer était au-delà du Rhin. Une tête auguste s'y trouvait impliquée. Toutes les circonstances de cet événement cadraient d'une manière incroyable avec celles qui me portaient à tenter un coup d'état. La perte du duc d'Enghien décidait la question qui agitait la France; elle décidait de moi sans retour. Je l'ordonnai.

» Un homme de beaucoup d'esprit, et qui doit s'y connaître, a dit de cet attentat que c'était plus qu'un crime, que c'était une faute. N'en déplaise à ce personnage, c'était un crime, et ce n'était pas une faute; je sais fort bien la valeur des mots. Le délit de ce malheureux prince se bornait à de misérables intrigues avec quelques vieilles baronnes de Strasbourg. Il jouait son jeu; ces intrigues étaient surveillées; elles ne menaçaient ni la sûreté de la France, ni la mienne. Il a péri victime de la politique et d'un concours inouï de circonstances.

» Sa mort n'était pas une faute, car toutes les conséquences que j'avais prévues sont arrivées.

» La guerre avait recommencé avec l'Angleterre, parce qu'il ne lui est plus possible de rester longtemps en paix. Le territoire de l'Angleterre est devenu trop petit pour sa population ; il lui faut pour vivre le monopole des quatre parties du monde; la guerre procure seule ce monopole aux Anglais, parce qu'elle lui vaut le droit de détruire sur mer. C'est sa sauve-garde.

» Cette guerre était paresseuse, faute de terrain pour se battre ; l'Angleterre était obligée d'en louer sur le continent; mais il fallait donner le temps à la moisson de croître. L'Autriche avait reçu de si grandes leçons, que les ministres n'osaient proposer la guerre de sitôt, quelqu'envie qu'ils eussent de gagner leur argent. La Prusse s'engraissait de sa neutralité; la Russie avait fait en Suisse une fatale expérience de la guerre. L'Italie et l'Espagne étaient entrées, à peu de chose près, dans mon système; le continent faisait halte.

» Faute de mieux, je mis en avant un projet de descente en Angleterre. Je n'ai jamais pensé à le réaliser, car il aurait échoué, non que le matériel du débarquement ne fût possible, mais la retraite ne l'était pas. Il n'y a pas un anglais qui ne se fût armé pour sauver l'honneur de son pays, et l'armée française, laissée sans secours à leur merci, aurait fini par périr ou capituler. J'avais pu faire cet essai en Egypte; mais à Londres, c'était jouer trop gros jeu. Comme la menace ne me coûtait rien, puisque je ne savais que faire de mes troupes, il valait autant les tenir en garnison sur les côtes qu'ailleurs; ce seul appareil a obligé l'Angleterre à se mettre sur un pied de défense ruineux : c'était autant de gagné.

» En revanche, on organisa une conspiration contre moi. Je peux faire honneur de celle-ci aux princes émigrés; car elle était vraiment royale. On avait mis en mouvement une armée de conspirateurs; aussi nous en fûmes informés dans les vingt-quatre heures, tant les confidences allaient bon train.

» Comme je voulais cependant faire punir des hommes qui ne cherchaient qu'à renverser l'Etat (ce qui est contre les lois divines et humaines), je fus obligé d'attendre, pour les faire arrêter, qu'on eût rassemblé contre eux des preuves irrécusables.

» Pichegru était à la tête de cette machination : cet homme, qui avait plus de bravoure que de talent, avait voulu jouer le rôle de Monck : il allait à sa taille. Ces projets m'inquiétaient peu, parce que je connaissais leur portée, et que l'opinion publique ne les favorisait pas. Les royalistes m'auraient assassiné, qu'ils n'en auraient pas été plus avancés. Chaque chose a son temps.

» J'appris bientôt que Moreau trempait dans cette affaire : ceci devenait plus délicat, parce qu'il avait une popularité colossale. Il était clair qu'on devait le gagner. Il avait trop de réputation pour que nous fussions bons voisins. Je ne pouvais être tout et lui rien ; il fallait trouver une manière honnête de nous séparer. Il la trouva.

» On a beaucoup dit que j'étais jaloux de lui : je l'étais fort peu ; mais il l'était beaucoup de moi, et il y avait de quoi. Je l'estimais, parce que c'était un bon militaire. Il avait pour amis tous ceux qui ne m'aimaient pas, c'est-à-dire, beaucoup de gens. Ils en auraient fait un héros, s'il avait péri. Je n'en voulais faire que ce qu'il était, c'est-à-dire, un homme nul. J'ai réussi : l'absence l'a perdu, ses amis l'ont oublié, et on n'y a plus songé.

» Les autres coupables exigeaient moins de ménagements. C'étaient tous les vieux habitués de conspirations dont il fallait purger pour tout-à-fait la France. Nous y avons réussi, car il n'en a plus reparu dès-lors.

» Je fus accablé de sollicitations ; toutes les femmes et les enfants de Paris étaient en l'air. On demandait la grâce de tout le monde. J'eus la faiblesse d'envoyer quelques coupables dans des prisons d'État, au lieu d'en laisser faire justice.

» Pichegru fut trouvé étranglé dans son lit. On ne

manqua pas de dire que c'était par mes ordres. Je fus totalement étranger à cet événement. Je ne sais pas même pourquoi j'aurais soustrait ce criminel à son jugement ; il ne valait pas mieux que les autres, et j'avais un tribunal pour le juger et des soldats pour le fusiller. Je n'ai jamais rien fait d'inutile dans ma vie. »

— Le besoin de donner un gage à un parti par un crime atroce, fait peu d'honneur à ce parti. L'auteur du roman paraît cependant lui tenir par plus d'un lien. Au reste, l'explication qu'il présente sur cet horrible événement a été donnée mille fois; et dans cette occasion, comme dans toutes celles où l'on a quelques raisons de s'attendre à des éclaircissements utiles pour l'histoire, on ne trouve dans ce ridicule écrit que des choses insignifiantes et des bruits populaires. Savary, qui doit mieux savoir à quoi s'en tenir sur le meurtre du duc d'Enghien, n'a pas recours à la politique pour l'excuser; il dit tout simplement, dans son Mémoire, que c'est à une méprise qu'il faut s'en prendre; que dans toutes les révélations qui furent faites à la police, il était question de l'arrivée d'un *grand personnage;* qu'on apprit, plus tard, que ce grand personnage était le général Pichegru; mais que la police crut, dans le premier moment, que c'était le duc d'Enghien. Ce prince était déjà mort lorsqu'elle fut mieux informée, et lorsqu'elle sut que le *foyer des menées royalistes* n'était pas *au-delà du Rhin*, comme l'avance ici l'auteur du roman, toujours aussi ignorant des causes que des effets.

Ces hésitations et ces incertitudes de la police, révélées par l'homme qui fut alors un de ses principaux chefs, indiquent assez clairement aussi que la conjuration ne fut pas connue d'elle *dans les vingt-quatre heures*.

On prête ensuite à Buonaparte, sur le compte de Moreau, un langage peu vraisemblable : s'il eut quelques raisons de le craindre et d'en être jaloux, jamais il n'eut le droit de le mépriser.

Il est vrai qu'il était le maître de faire condamner Pichegru et de le faire exécuter; mais il craignit sans doute le courage de ce général, il craignit les révélations qu'il pouvait faire. Au reste, quels que soient les motifs qui l'ont déterminé à ce meurtre odieux; personne n'eut, dans le temps, le moindre doute à cet égard; il était physiquement impossible que ce général fût mort de la manière dont on voulut le faire croire; et s'il est bien constant qu'il a été étranglé, comment cela a-t-il pu se faire sans un ordre positif? Comment Buonaparte peut-il avoir été *étranger à cet événement?* C'est encore là un de ces faits dont il éviterait de parler plutôt que de s'en excuser par des niaiseries.

Enfin celui qui vient de déclarer qu'en politique *il met tout dans le fait et rien dans le droit*, n'est pas fondé à dire qu'une conspiration est *contre les lois divines et humaines*.

« La forme républicaine ne pouvait plus durer, parce qu'on ne fait pas des républiques avec de vieilles monarchies. Ce que voulait la France, c'était sa grandeur. Pour en soutenir l'édifice, il fallait anéantir les factions, consolider l'œuvre de la révolution, et fixer sans retour les limites de l'État. Seul, je promettais à la France de remplir ces conditions. La France voulait que je régnasse sur elle.

» Je ne pouvais pas devenir roi: c'était un titre usé; il portait avec lui des idées reçues. Mon titre devait être nouveau comme la nature de mon pouvoir. Je n'étais pas l'héritier des Bourbons : il fallait être beaucoup plus pour s'asseoir sur leur trône. Je pris le nom d'empereur, parce qu'il était plus grand et moins défini. »

—Les motifs que Buonaparte eut alors pour prendre le titre d'empereur plutôt que celui de roi, sont faciles à comprendre. D'abord, comme on le dit ici, il n'était pas l'héritier des Bourbons; et, malgré ses instances réitérées, il n'avait pu obtenir de ces princes aucune concession à cet égard; ensuite il regardait le titre d'empereur comme au-dessus de tous les autres. De même que Cromwel, il ne voulut pas qu'un titre connu pût indiquer des limites à son pouvoir. *Les Anglais*, avait dit celui-ci, *connaissent tous les droits attachés au titre de roi: je leur ferai connaître ceux d'un protecteur.*

« Il fallait donc refaire l'autorité sur un autre plan;

il fallait qu'elle se passât du cortége des habitudes et des préjugés ; il fallait qu'elle se passât de cet aveuglement qu'on appelle la foi. Elle n'avait hérité d'aucuns droits ; il fallait donc qu'elle fût en entier dans le fait, c'est-à-dire, dans la force.

» Je ne montais pas ainsi sur le trône, comme un héritier des anciennes dynasties, pour m'y asseoir mollement sous les prestiges des habitudes et des illusions, mais pour affermir les institutions que le peuple voulait, pour mettre les lois en accord avec les mœurs et pour rendre la France redoutable, afin de maintenir son indépendance. »

— L'écrivain se trahit encore ici avec la même maladresse ; et l'on reconnaît, à ces doctrines, le révolutionnaire de 1789, de 1793 et de 1815, dont les yeux ne sont pas dessillés en 1817. Il oublie le rôle qu'il a voulu jouer, et revient à ses déclamations habituelles contre les *préjugés*, la *foi* et les *vieilles habitudes ;* il soumet à la souveraineté du peuple l'homme qui montra le plus d'éloignement pour cette chimère ; celui qui ne reconnut jamais d'autre pouvoir que celui *du fait et de la force ;* enfin, il met un démagogue raisonneur à la place du despote le plus absolu et le plus orgueilleux.

« Les anciennes dynasties étaient effrayées de me voir sur le trône. Quelques politesses que nous nous fissions, elles voyaient bien que je n'étais pas un des leurs ; car je ne régnais qu'en vertu d'un système qui détruisait l'autel que le temps leur avait élevé. J'étais à moi seul une révolution. L'empire les menaçait comme la république; elles le redoutaient davantage, parce qu'il était plus robuste.

» Il était donc de leur politique de m'attaquer le plus tôt possible, c'est-à-dire, avant que j'eusse pris toutes mes forces.

» Les chances de la lutte qui allait s'ouvrir étaient d'un grand intérêt pour moi; elles allaient m'apprendre la mesure de la haine qu'on me portait; elles allaient m'apprendre à distinguer ceux des souverains que la crainte déciderait à s'associer au système de l'empire, d'avec ceux qui périraient plutôt que de transiger avec lui.

» Cette lutte devait amener de nouvelles combinaisons politiques en Europe. Je devais succomber, ou en devenir l'arbitre.

» Je venais de réunir le Piémont à la France, parce qu'il fallait que la Lombardie s'appuyât à l'empire. On cria à l'ambition; on prépara la lice pour le combat. Cette réunion lui servit de signal.

» La bataille devait être rude. Les Autrichiens rassemblaient toutes leurs forces, et les Russes étaient décidés à y réunir les leurs.

» Le jeune Alexandre venait de monter sur le trône. Comme les enfants aiment à faire le contraire de leurs parents, il me déclara la guerre, parce que son père avait fait la paix; car nous n'avions rien encore à démêler avec les Russes; leur tour n'était pas venu; mais les femmes et les courtisans l'avaient décidé ainsi. Ils ne croyaient faire qu'une chose de bon goût, parce que je n'étais pas à la mode dans le beau monde; et ils commençaient, sans le savoir, le système auquel la Russie devra sa grandeur. »

— Après un aperçu exact, sous quelques rapports, des causes qui devaient rendre les anciennes monarchies ennemies naturelles de Buonaparte, l'auteur du roman se trompe encore une fois sur les dates et sur les faits. Ce n'est pas la réunion du Piémont qui détermina l'Autriche à la guerre en 1805; cette réunion, qui avait été opérée en 1802, aussitôt après les traités de Lunéville et d'Amiens, n'avait excité aucune réclamation. Le couronnement de Napoléon, comme roi d'Italie, qui se fit à Milan le 18 mai 1805, et la réunion de l'état de Gênes à l'empire, qui eut lieu à la même époque, furent les causes ostensibles et vraisemblablement réelles de la rupture entre les deux puissances.

« La coalition n'a jamais ouvert la campagne plus maladroitement. Les Autrichiens s'imaginèrent de me surprendre. Cette prétention ne leur réussit pas.

» Ils inondèrent la Bavière sans attendre l'arrivée des Russes. Ils s'en vinrent, à marches forcées, sur le Rhin. Mes colonnes avaient quitté le camp de Boulogne et traversaient la France. Nous passâmes le Rhin à Strasbourg. Mon avant-garde rencontra les Autrichiens à Ulm et les culbuta. Je marchai sur Vienne à tour de route : j'y entrai sans obstacle. Un général autrichien oublia de couper les ponts du Danube, je passai la rivière. Je l'aurais passée également, mais j'en arrivai plus vite en Moravie.

» Les Russes débouchaient seulement; les débris autrichiens coururent se réfugier sous leurs drapeaux. L'ennemi voulut tenir à Austerlitz : il fut battu. Les Russes se retirèrent en bon ordre, et me laissèrent l'empire d'Autriche. »

—Voilà, en moins de vingt lignes, l'histoire de l'une des campagnes les plus importantes que Buonaparte ait faites, de l'un des événements qui ont le plus contribué à élever son pouvoir, et qu'il devait se rappeler avec le plus de satisfaction. Il n'avait là aucune raison pour omettre, il en avait beaucoup pour être complet; mais il n'en est pas de même de l'homme qui a voulu si impudemment se mettre à sa place. Pour bien parler de la guerre, il faut l'avoir vue; et pour expliquer tant bien que mal de grands événements, il faudrait au moins, si on ne les a pas vus, en avoir sous les yeux quelque relation supportable. Ce n'est pas même le cas de notre auteur : il est évident qu'il n'a, sur les dernières guerres, comme sur toutes les autres, aucune expérience ni aucun souvenir; et que, pour se mettre à la place de celui qui doit le mieux les connaître, il n'a pas consulté un livre ni seulement une relation de gazette. On ne doit donc pas s'étonner qu'il omette les principales circonstances, et que celles qu'il indique soient fausses ou mal rapportées.

D'abord les Autrichiens ne vinrent pas à *marches forcées* jusque sur le Rhin ; car le gros de leur armée ne s'éloigna pas du Danube. Ensuite l'avant-garde de Buonaparte ne les *rencontra* pas à Ulm : ce fut son armée tout entière, qu'il commandait en personne, qui les attaqua dans cette position. Une avant-garde n'eût pas fait capituler quarante mille hommes ; Buonaparte ne peut l'avoir oublié ; il peut encore moins le supposer aujourd'hui, à moins qu'on ne le considère comme dans un état d'aliénation absolu ; et il faut bien qu'on le suppose dans cet état pour lui faire rapporter, en deux mots, la bataille d'Austerlitz, l'un des événements au souvenir desquels il doit le plus tenir.

«L'empereur François me demanda une entrevue : je la donnai dans un fossé. Il me demanda la paix : je l'accordai; car, qu'aurais-je fait de son pays? il n'était pas *moulé* pour la révolution. Mais, pour diminuer ses forces, je demandai Venise pour la Lombardie, et le Tyrol pour la Bavière ; afin de renforcer au moins mes amis aux dépens de mes ennemis. C'était bien le moins.

» Ce n'était pas le moment de disputer; la paix fut signée. Je la fis proposer en même temps aux Russes. Alexandre la refusa.

» Ce refus était noble; car, en acceptant la paix, il acceptait l'humiliation des Autrichiens.

» En refusant, il montra de la fermeté dans les revers et de la confiance dans la fortune : ce refus m'apprit que le sort du monde dépendrait de nous deux.»

— Ce n'est pas parce que les états autrichiens n'étaient pas *moulés pour la révolution*, que Buonaparte consentit à les rendre ; s'il eût pu les garder, il n'est pas probable qu'il leur eût fait subir de révolutions; mais il vit bien qu'un pareil envahissement n'était pas facile. Tout le monde sait qu'il n'a pas *révolutionné* d'autres pays que ceux qu'il a conquis sous le gouvernement directorial ; et c'est précisément ce que ne lui pardonnent pas les propagantistes, de l'espèce du *très révolutionnaire* auteur du roman, qui ne voit dans les événements de la guerre que des révolutions à faire et des peuples à *régénérer*, lorsqu'ils sont *moulés* pour cela.

«*La campagne recommença*. Je suivis la retraite des Russes. J'arrivai en Pologne : un nouveau théâtre s'ouvrait à nos armes. J'allais voir cette vieille terre de l'anarchie et de la liberté, courbée sous un joug étranger ; les Polonais attendaient ma venue pour le secouer.

» J'ai négligé le parti que je pouvais tirer des Polonais, et c'est la plus grande faute de mon règne. Je savais cependant qu'il était essentiel de relever ce pays, pour en faire une barrière à la Russie et un contre-poids à l'Autriche; mais les circonstances ne furent pas assez heureuses à cette époque pour réaliser ce plan.

» D'ailleurs les Polonais m'ont paru peu propres à

remplir mes vues. C'est un peuple passionné et léger. Tout se fait chez eux par fantaisie et rien par système. Leur enthousiasme est violent; mais ils ne savent ni le régler ni le perpétuer. Cette nation porte sa ruine dans son caractère.

» Peut-être qu'en donnant aux Polonais un plan, un système et un point d'appui, ils auraient pu se former avec le temps.

» Quoique mon caractère ne m'ait jamais porté à faire les choses à demi, je n'ai cependant fait que cela en Pologne, et je m'en suis mal trouvé. Je m'avançai au cœur de l'hiver vers les pays du nord. Le climat n'inspirait aucune défiance aux soldats. Son moral était excellent. J'avais à combattre une armée maîtresse de son terrain et de son climat. Elle m'attendait sur les frontières de la Russie. J'allai l'y chercher, parce qu'il ne fallait pas laisser languir mes troupes dans de mauvais cantonnements. Je rencontrai l'ennemi à Eylau : l'affaire fut meurtrière et indécise.

» Si les Russes nous avaient attaqués le lendemain, nous aurions été battus; mais leurs généraux n'ont heureusement pas de ces inspirations. Ils me donnèrent le temps de les attaquer à Friedland. La victoire y fut moins douteuse. Alexandre s'était vaillamment défendu; il me proposa la paix. Elle était honorable pour les deux nations, car elles s'étaient mesurées avec une égale bravoure. La paix fut signée à Tilsit; elle le fut de bonne foi : j'en atteste le czar lui-même.

» Telle fut l'issue des premiers efforts de la coalition contre l'empire que je venais de fonder. Elle éleva la gloire de nos armes ; mais elle laissa la question indécise entre l'Europe et moi, car nos ennemis n'avaient été qu'humiliés : ils n'étaient ni détruits ni changés. Nous nous retrouvions au même point, et, en signant la paix, je prévis une nouvelle guerre. »

— Ici le maladroit romancier a réuni dans une seule campagne les événements qui ont rempli trois ans tout entiers ; cependant ces événements sont d'une importance telle qu'ils restent gravés dans la mémoire de tout le monde ; et que, sans ouvrir un livre, le dernier écolier les eût classés selon l'ordre et les dates qu'ils doivent avoir. Qui a pu oublier, par exemple, que la *campagne ne recommença* pas après la bataille d'Austerlitz ; mais que la paix de Presbourg en fut la suite ; et que Buonaparte revint à Paris, où il fit des choses assez importantes pour qu'elles ne soient pas sorties de sa mémoire ; entre autres, l'établissement de la confédération du Rhin, qui fut l'objet de tant de réclamations, et à laquelle la Prusse voulut opposer la *confédération du Nord*, ce qui amena une rupture en 1806, et fit *recommencer la campagne*, non pas avec les Russes, mais avec les Prussiens. Les Russes ne parurent que l'année suivante, et ce fut sur la Vistule, où Buonaparte vit pour la première fois la Pologne, cette *vieille terre de la liberté*, si bien *moulée* pour une révolution, et dont l'auteur du roman regrette si vivement que son héros n'ait pas mieux tiré parti, bien que par une de ses contradictions habituelles il lui fasse dire dans le même moment que cela était impossible, parce que ce peuple lui parut *peu propre à ses vues.*

Et que l'on remarque bien que cet auteur n'a pas encore dit un mot de la Prusse, qui était alors, depuis près de deux ans, aux prises avec la France, et dont les intérêts étaient la première comme la principale cause de la guerre. Ce n'est qu'en 1809 qu'il mettra cette puissance sur la scène. Passant sous silence les événements de 1806, il semble, d'après son récit, que la guerre a continué sans interruption entre la France et la Russie, depuis la bataille d'Austerlitz jusqu'au traité de Tilsitt. Aussitôt après cette bataille, il place brusquement son héros *sur les frontières de la Russie*, où il est allé *pour ne pas laisser languir ses troupes dans de mauvais cantonnements.* Le romancier n'a pas vu que ces *mauvais cantonnements* eussent été la Saxe et la Silésie, que ces troupes venaient de traverser, et où elles auraient sans doute mieux aimé rester que d'aller périr dans les neiges et les marais de la Pologne.

Les anachronismes, les erreurs et confusions de dates et de faits que j'ai signalés doivent convaincre les plus incrédules que non-seulement Napoléon est étranger à la rédaction de ce Manuscrit, mais encore que son véritable auteur l'a rédigé sans soins, sans attention, et avec une indifférence et un mépris de l'opinion publique qui devraient faire rougir ceux qu'il a eu le projet de mystifier. Cependant il a trouvé beaucoup de dupes; le nombre s'en accroît tous les jours, et le mystère semble y ajouter encore. S'il en est quelques-uns dont je n'ai pas réussi à dessiller les yeux, j'espère qu'ils ne résisteront pas aux nouvelles preuves que j'ai à leur offrir.

» J'étais riche en conquêtes. Il fallait lier intimement ces états au système de l'empire, afin d'accroître sa prépondérance. Il n'y a pas d'autres liens entre les peuples que ceux des intérêts qu'ils mettent *en commun*. Il fallait donc établir une entière communauté d'intérêts entre nous et les pays conquis. Il ne s'agissait, pour cela, que de *changer leur ancien ordre social pour leur donner le nôtre*, en *mettant à la tête de ces nouvelles institutions des souverains intéressés à les maintenir*.

» Je remplissais ces conditions en plaçant ma famille sur les trônes vacants.

» La Lombardie était le plus essentiel de ces états, parce qu'elle devait être continuellement exposée aux regrets de la maison d'Autriche. Je ne voulus pas lui donner le plaisir de mettre un de mes frères sur ce trône. J'étais seul capable de porter la couronne de fer, et je la mis sur ma tête.

» Je donnai, par-là, plus de confiance aux Lombards, parce que je faisais ma propre affaire de la leur.

» Ce nouvel état prit le nom de royaume d'Italie,

parce que ce titre était plus grand et parlait davantage à l'imagination des Italiens.

» Le trône de Naples était vacant. La reine Caroline, *après avoir inondé de sang le pavé de Naples* et livré son royaume aux Anglais, en avait été chassée de nouveau. Il fallait un maître à ce malheureux pays, pour le sauver de l'anarchie et des vengeances. Un de mes frères monta sur ce trône.

» La Hollande avait perdu depuis long-temps l'énergie qui fait les républiques; elle n'avait plus la force de jouer ce rôle; elle en avait donné la preuve lors du débarquement de 99. Je ne devais pas soupçonner qu'elle regrettât la maison d'Orange, à la manière dont elle l'avait traitée. La Hollande semblait donc avoir besoin d'un souverain : je lui donnai un autre de mes frères.

» Le cadet était assez jeune pour attendre; le quatrième n'aimait pas à régner; il s'était sauvé pour s'y soustraire.

» Il ne resta en république que celle des Suisses. Il ne valait pas la peine de changer des formes auxquelles ils étaient accoutumés. Mon autorité, dans ce pays, s'est bornée à les empêcher de s'égorger entr'eux. Ils ne m'en ont pas témoigné une grande reconnaissance.

— On reconnaît encore l'esprit révolutionnaire de l'auteur dans son projet de *mettre les intérêts des peuples en communauté*, et *de changer leur ordre social en mettant à la tête des nouvelles institutions, des souverains intéressés à les maintenir.*

Plus loin, il avance (ce qui est de toute fausseté) que la reine de Naples fut *chassée* de son royaume *après avoir inondé de sang le pavé de Naples.* Buonaparte eût peut-être senti qu'il ne lui convenait pas de parler ainsi, et il est probable qu'il n'aurait pas osé faire de l'effusion du sang une cause d'exclusion à la couronne. Si l'un de ses frères ne se fût pas alors sauvé de peur d'être roi, et si l'autre n'eût pas été assez jeune *pour attendre*, il n'eût sans doute pas hésité lui-même à en faire répandre avec la même abondance qu'en Espagne, afin de *lier plus intimement* encore d'autres états *à son empire.* A l'occasion de ces établissements, l'auteur du roman le fait parler avec une légèreté peu vraisemblable. Buonaparte regardait cette affaire comme très importante; il fit tout pour que ses frères entrassent dans ses vues; et il est bien vrai qu'il traita si mal celui qui s'obstina à ne pas vouloir de la royauté, qu'il l'obligea de prendre la fuite. Le cadet était alors en Amérique, et Napoléon ne lui avait pas encore pardonné de s'être *mésallié.* Ce n'est donc pas à cause de sa jeunesse, et parce qu'il *pouvait attendre*, qu'il ne fut pas compris dans cette première promotion de rois. Le quatrième accepta en 1806 le trône de Hollande, et ce ne fut qu'en 1810 qu'il se *sauva pour s'y soustraire.* Toutes ces dates et ces faits ont rempli une grande partie de la vie de Buonaparte; ils ont ca.

quelque sorte formé son existence. Comment pourrait-il, à si peu de distance, les oublier et les confondre !

Ce paragraphe est terminé par une injure contre la nation helvétique, ce peuple estimé de toute l'Europe, et qui, moins qu'aucun autre, s'est montré disposé à *s'égorger*. Cette injure est donc aussi gratuite que méprisable; elle serait odieuse dans la bouche de Buonaparte : il se pourrait qu'elle le fût encore davantage dans celle de l'auteur du roman.

» En formant ainsi des états alliés de la France et dépendants de l'empire, je dus en même temps réunir à la mère-patrie d'autres portions de territoire, afin de conserver sa prépondérance sur tout le système.

» C'est dans ce but que j'avais réuni le Piémont à la France, et non pas à l'Italie. J'y réunis de même Gènes et Parme. Ces réunions ne valaient rien en elles-mêmes, car j'aurais fait de ces peuples de bons Italiens. Je n'en ai fait que de médiocres Français. Mais l'empire se composait non-seulement de la France, mais des états de la famille et des alliés étrangers. Il était essentiel de conserver la proportion entre ces trois éléments. Chaque alliance emportait avec elle une nouvelle réunion. Le public, à chaque fois, criait à l'ambition. Mon ambition n'a jamais consisté à posséder quelques lieues carrées de plus ou de moins, mais à faire triompher ma cause,

» Or, cette cause ne consistait pas seulement dans les opinions, mais dans le poids que chaque parti pouvait mettre dans la balance, et les lieues carrées pèsent dans le bassin, parce que le monde ne se compose que de cela.

» J'augmentai ainsi la masse des forces que je faisais mouvoir. Il ne fallait ni talent ni adresse pour opérer ces changements. Il suffisait d'un acte de ma volonté; car ces pays étaient trop petits pour en avoir en ma présence; ils dépendaient du mouvement imprimé à l'ensemble du système impérial. Le point de départ de ce système était en France. Il fallait donc consolider mon ouvrage, en donnant à la France des institutions conformes au nouvel ordre social qu'elle avait adopté. *Il fallait créer mon siècle pour moi, comme je l'avais été pour lui.*

» Il fallait être législateur, après avoir été guerrier. »

— Comme vient de le dire l'auteur apocryphe, il ne fallait ni talent ni adresse de la part de Buonaparte pour gouverner tous les petits états soumis à la France, et pour y établir sa famille; le talent eût consisté à y rendre sa puissance durable; mais sa première et son unique affaire fut toujours d'envahir et de s'élever. Exposant chaque jour sa fortune à une nouvelle crise, les moyens de conservation furent dans tous les temps sa dernière pensée. Il ne comprit jamais que plus un édifice est élevé, plus il est aisé de le renverser, et que les lois de la politique sont, à cet égard, les mêmes que celles de la physique. Il a vu, lorsqu'il n'était plus temps d'y remédier, qu'elles ne sont pas moins constantes ni moins invariables.

Son orgueil et son impudent égoïsme se peignent assez *à nu* (pour parler comme son interprète) dans la dernière phrase. C'est à lui qu'il rapporte tout; et il ne se borne pas à avoir été *créé pour son siècle*, il veut que son siècle soit *créé pour lui*.

« Il n'était plus possible de faire reculer la révolution; car c'aurait été soumettre de nouveau les forts aux faibles, ce qui est contre nature. Il fallait donc en saisir l'esprit pour y accommoder un système analogue de législation; je crois y être parvenu. Ce système me survivra, et j'ai laissé à l'Europe un héritage qu'elle ne pourra plus répudier.

» Il n'y avait en réalité dans l'État qu'une vaste démocratie, menée par une dictature. Cette espèce de gouvernement est commode pour l'exécution; mais elle est d'une nature temporaire, parce qu'elle n'est qu'en viager sur la tête du dictateur. Je devais la rendre perpétuelle, en faisant des institutions à demeure et des corporations vivaces, afin de les placer entre le trône et la démocratie. Je ne pouvais rien opérer par le levier des habitudes et des illusions. J'étais obligé de tout créer avec de la réalité.

» Il fallait ainsi fonder ma législation sur les intérêts immédiats de la majorité, et créer mes corporations avec des intérêts; *parce que les intérêts sont ce qu'il y a de plus réel dans ce monde.*

» J'ai fait des lois dont l'action était immense, mais uniforme. Elles avaient pour principe le maintien de l'égalité. Elle est si fortement empreinte dans ces codes, qu'ils suffiront seuls pour la conserver.

» J'instituai une caste intermédiaire: elle était démocratique, parce qu'on y entrait à toute heure et de partout; elle était monarchique, parce qu'elle ne pouvait pas mourir.

» Cette corporation devait remplacer, dans le nouveau régime, le service que la noblesse était censée faire dans l'ancien, c'est-à-dire d'appuyer le trône; mais elle ne lui ressemblait en rien. La vieille noblesse n'existait que par ses prérogatives; la mienne n'avait que du pouvoir. La vieille noblesse n'avait de mérite que parce qu'elle était exclusive; tous ceux qui se distinguaient entraient de droit dans la nouvelle; elle n'était autre chose qu'une couronne civique; le peuple n'y attachait pas d'autre idée; chacun l'avait méritée par ses œuvres; tous pouvaient l'obtenir au même prix; elle n'était offensante pour personne.

» L'esprit de l'empire était le mouvement ascendant: c'est le caractère des révolutions. Il agitait toute la nation; elle se soulevait pour s'élever. J'ai placé au sommet de ce mouvement de grandes récompenses; elles ne furent données que par la reconnaissance publique. Ces hautes dignités étaient encore conformes à l'esprit de l'égalité, car le dernier soldat les obtenait par des actions d'éclat.

» Après le désordre de la révolution, il importait de rétablir l'ordre, parce qu'il est le symptôme de la force et de la durée.

» Les administrateurs et les juges étaient essentiels à l'État, puisque d'eux seuls dépendait l'ordre public, c'est-à-dire l'exécution des lois. Je les associai aux mouvements qui animaient le peuple et l'armée et aux mêmes récompenses. Je fis un ordre qui honorait les administrateurs, parce qu'il avait reçu des soldats un brevet d'honneur. Je le rendis commun à tous ceux qui servaient l'État, parce que la première des vertus est le dévouement à sa patrie.

» Je donnai ainsi pour ressort à l'empire un lien général. Il unissait par leurs intérêts toutes les classes de la nation, parce qu'aucune n'était subordonnée ni exclue. Il se formait autour de moi un corps intermédiaire, fourni par l'élite de la nation; il était attaché au système impérial par sa vocation, par ses intérêts et par ses opinions. Ce corps nombreux, quoique revêtu des pouvoirs civil et militaire, était avoué par le peuple, parce qu'il était tiré au sort dans les rangs. Il avait confiance en lui, parce que leurs intérêts étaient confondus. Ce corps n'était ni décimateur ni exclusif; ce n'était, en réalité, qu'une magistrature.

» L'empire s'asseyait sur une organisation forte. L'armée s'était formée à l'école de la guerre; elle y avait appris à se battre et à souffrir.

» Les fonctionnaires civils s'accoutumaient à faire exécuter strictement les lois, parce que je ne voulais ni d'arbitraire ni d'interprétation; ils se formaient ainsi à l'habitude et à la rapidité. J'avais répandu partout une impulsion uniforme, parce qu'on ne donnait qu'un seul mot d'ordre dans l'empire. Aussi tout se mouvait dans cette machine; mais le mouvement ne s'opérait que dans les cadres que j'avais préparés.

» J'ai arrêté les dilapidations publiques en centralisant sur un seul point toute la machine fiscale. Je n'ai rien laissé de vague dans cette partie; parce qu'en fait de monnaie, tout doit se retrouver. Je n'ai surtout rien laissé de disponible à ces demi-responsabilités provinciales, parce que l'expérience m'avait prouvé que cet abandon ne sert qu'à enrichir quelques petits malversateurs aux dépens du trésor du peuple et de la chose.

» J'ai ajouté de grands monuments à ceux que possédait la France : ils devaient servir de témoins à sa gloire. Je pensais qu'ils éléveraient l'ame de nos descendants; les peuples s'attachent à ces nobles images de leur histoire.

» Mon trône ne brillait que de l'éclat des armes. Les Français aiment de la grandeur jusqu'à son apparence; j'ai fait décorer des palais; j'y ai réuni une cour nombreuse; je lui ai donné un caractère austère : tout autre eût été mal assorti.

» On ne s'amusait point dans ma cour; aussi les femmes n'ont joué qu'un rôle mesquin. Dans cette cour, tout était consacré à la grandeur de l'État; c'est pourquoi elles m'ont toujours détesté. Louis XV était beaucoup mieux leur fait. »

— On fait raisonner ici fort longuement Buonaparte, qui ne raisonnait guère. La métaphysique de la politique lui était inconnue. Le sabre et la première impulsion, voilà tout son gouvernement. L'auteur ne se contente pas de le faire parler ; il veut le refaire, et il lui prête ses propres vues et ses propres idées. De tout cela, nous devons tirer la conséquence que s'il eût été à la place de Buonaparte, il eût fait encore plus de sottises que lui. On voit cependant qu'il est un peu moins ignorant en fait de gouvernement et d'administration qu'en fait de guerre et de chronologie. Assurément il n'en est pas ainsi de Buonaparte ; et cette preuve du mensonge n'est pas la moins concluante. Il nous serait au reste facile de démontrer que la plupart des assertions qui tendent, dans ce paragraphe, à rehausser Napoléon, sont fausses ou très exagérées : on nous dispensera sans doute de faire remarquer combien sont ridicules les expressions de *vivaces* et d'*institutions à demeure*, pour désigner le corps législatif *muet* et ce sénat *conservateur*, qui conserva si bien ses dotations et ses sénatoreries !

Lorsque Buonaparte commença à fonder des distinctions, il est vrai que la porte fut ouverte à tout le monde, ou du moins à tous ceux qui voulurent le servir et entrer dans son parti ; mais cette porte ne devait-elle pas bientôt être fermée ? Les majorats ne devaient-ils pas perpétuer les titres, et la noblesse n'était-elle pas héréditaire ? N'était-ce donc pas là établir une caste nouvelle, et renverser la base de la révolution, l'égalité, qu'on lui fait dire ailleurs qu'il a respectée? C'est une absurdité que de prétendre que l'égalité subsiste, parce que le *dernier soldat* a pu arriver au premier rang. Il n'y avait pas même d'égalité au point d'où il est parti, puisqu'il était le *dernier;* et il y en a bien moins encore lorsqu'il s'est mis au-dessus de tous. C'était le fait de Buonaparte. Aurait-il permis, en 1812, que le dernier soldat de son armée se regardât comme son égal?

« Mon ouvrage était à peine ébauché, lorsqu'un nouvel ennemi se présenta inopinément dans la lice.

» Depuis dix ans la Prusse s'était tenue en paix; la France lui en avait su gré; les alliés lui en avaient voulu beaucoup de mal. Ils l'injuriaient; mais elle prospérait.

» Sa neutralité m'avait été surtout essentielle dans la dernière campagne. Pour m'en assurer, il lui fut fait quelques ouvertures d'une cession du Hanovre; je pensais qu'une pareille ouverture valait bien une petite violation de territoire que je m'étais permise pour accélérer la marche d'une division que j'étais pressé d'avoir sur le Danube.

» L'Angleterre ayant rejeté les propositions de paix que nous lui avions envoyées, suivant notre usage, en signant celle de Tilsit, la Prusse demanda la cession du Hanovre.

» Je ne demandais pas mieux que de lui faire ce cadeau ; mais il me parut qu'il était temps que cette cour se déclarât franchement pour nous, en entrant pour tout de bon dans notre système. Il ne pouvait pas tout conquérir avec l'épée, la politique devait aussi nous donner des alliés, et l'occasion paraissait belle.

» Mais je m'aperçus que la Prusse avait de toutes autres intentions, et qu'elle croyait m'avoir amplement payé par sa neutralité. Dès ce moment, il devenait ridicule d'agrandir un pays sur lequel je ne pouvais pas compter : j'y mis de l'humeur ; je ne calculai pas assez qu'en donnant du terrain à la Prusse, je la compromettais, c'est-à-dire, que je me l'assurais. Je refusai tout, et le Hanovre reçut une autre destination.

» Les Prussiens jetèrent les hauts cris, parce que je ne voulais pas leur donner le bien d'autrui ; ils se plaignirent de ma petite violation de l'année précédente ; ils s'avisèrent tout d'un coup qu'ils étaient dépositaires de la gloire du grand Frédéric. Les têtes s'échauffèrent ; une espèce de mouvement national agita la noblesse de Prusse. L'Angleterre se dépêcha de la solder, et il prit de la consistance.

» Si les Prussiens m'avaient attaqué pendant que j'étais aux prises avec les Russes, ils pouvaient me faire beaucoup de mal ; mais il était si absurde de venir, hors de raison, nous déclarer une guerre qui ressemblait à une *mutinerie de collége*, que je fus long-temps avant d'y ajouter foi.

» Rien n'était plus vrai cependant, et il fallut rentrer en campagne.

» Je m'attendais bien à battre les Prussiens, mais j'avais destiné plus de temps à cela. Je pris des mesures contre les aggressions qu'on pourrait me susciter d'ailleurs ; mais je n'en eus pas besoin.

» Par un hasard singulier, les Prussiens ne tinrent pas deux heures. Par un autre hasard, leurs généraux n'imaginèrent pas de défendre des places qui m'auraient tenu trois mois. En quelques jours je fus maître du pays. »

— La guerre de Prusse arrive enfin, et c'est longtemps après le traité de Tilsitt, qui en fut le dénoûment ! D'après les assertions de l'auteur du roman, la paix dont avait joui cette puissance eût été beaucoup plus longue, puisqu'elle avait commencé au traité de Bâle en 1795, et qu'en se prolongeant jusqu'à 1810, elle eût duré quinze ans au lieu de dix. La vérité est que cette paix fut de onze ans et six mois.

En changeant comme cela les époques, les intervalles et les effets d'aussi mémorables événements, on sent que l'auteur n'a pu faire autrement que d'en changer et d'en déplacer aussi les causes. Ainsi il prétend que l'Angleterre, ayant refusé d'adhérer à la paix de Tilsitt, la Prusse *demanda la cession du Hanovre*. Il suffira de rappeler aux lecteurs, qui pourraient l'avoir oublié, que la paix de Tilsitt est du 9 juillet 1807, et que le roi de Prusse avait réuni le Hanovre à ses états, le 1er. avril 1806.

C'est le comble du ridicule que de lui faire nommer *mutinerie de collége* une guerre dans laquelle il eut affaire à 150 mille hommes commandés par le duc de Brunswick, le général le plus expérimenté de ce temps-là. Les résultats ont dû lui inspirer beaucoup de vanité; mais cette vanité serait fort mal entendue, si elle pouvait le porter à rabaisser ses ennemis. Ce n'est certainement pas ainsi qu'il pense de la bataille d'Iéna; il l'a placée en première ligne dans tous les monuments de son orgueil.

« La diligence de cette déroute me prouva que cette guerre n'avait rien eu de populaire en Prusse. J'aurais dû profiter de cette découverte pour *organiser la Prusse à notre manière;* mais je ne sus pas m'y prendre.

» L'empire avait acquis une immense prépondérance par la bataille de Jéna. Le public commençait à regarder ma cause comme gagnée; je m'en aperçus aux manières que l'on prit avec moi. Je commençai à le croire aussi moi-même, et cette bonne opinion m'a fait faire des fautes.

» Le système sur lequel j'avais fondé l'empire était ennemi né des anciennes dynasties. Je savais qu'entre elles et moi la guerre devait être mortelle. Il fallait donc prendre des moyens vigoureux pour la rendre aussi courte que possible, afin de ménager la souffrance des peuples et des rois.

» Ainsi j'aurais dû changer, d'une part, *la forme et le personnel* de tous les états que la guerre mettait dans mes mains, parce qu'on ne fait pas des révolutions en gardant les mêmes hommes et les mêmes choses. J'étais donc sûr, en conservant ces gouvernements, de les avoir toujours contre moi: c'étaient des ennemis que je ressuscitais.

» Si je voulais, d'autre part, garder ces gouvernements, faute de mieux, il fallait les rendre complices de ma grandeur, en leur faisant accepter, avec mon alliance, des territoires et des titres.

» En suivant l'un ou l'autre de ces plans, suivant l'occasion, *j'aurais étendu rapidement les frontières de la révolution; nos alliances auraient été solides, parce qu'elles auraient été faites avec les peuples.* Je leur aurais apporté les avantages avec les principes de la révolution; j'aurais éloigné d'eux le fléau de la guerre dont ils ont été persécutés pendant vingt ans, et qui a fini par les révolter contre nous.

» Il est à croire que la majorité des nations du continent aurait accepté cette grande alliance, et l'Europe aurait été refondue sur un nouveau plan analogue à l'état de sa civilisation.

» Je raisonnai bien; mais je fis le contraire. Au lieu de changer la dynastie prussienne, comme je l'en avais menacée, je lui rendis ses états après les avoir morcelés. La Pologne ne me sut pas gré de n'avoir remis en liberté que la portion de son territoire dont la Prusse s'était emparée. Le royaume de Westphalie fut mécontent de ne pas obtenir davantage; et la Prusse, furieuse de ce que je lui avais ôté, me jura une haine éternelle.

» Je m'imaginai, je ne sais pourquoi, que des souverains, dépossédés par le droit de conquête, pouvaient devenir reconnaissants de la part qu'on leur laissait. J'imaginai qu'ils pourraient, après tant de revers, s'allier de bonne foi avec nous, parce que c'était le parti le plus sûr. J'imaginai pouvoir étendre ainsi les alliances de l'empire, sans me charger de l'odieux que les révolutions traînent après elles. Je trouvai enfin que c'était un grand rôle à jouer que celui d'ôter et de rendre des couronnes : je m'y laissai séduire. Je me suis trompé, et les fautes ne se pardonnent jamais. »

— L'auteur du roman se trahit encore ici par ses vœux et ses opinions *ultrà* révolutionnaires. Buonaparte sait bien qu'il n'était pas aussi facile de renverser les anciennes dynasties et d'*organiser les peuples à sa manière ;* toutes les nations n'auraient pas accepté sa *grande alliance*, et il ne peut oublier combien lui a été funeste l'essai qu'il en a fait en Espagne. Mais, encore une fois, l'auteur du roman parle d'après ses propres opinions, et ces opinions sont celles d'un révolutionnaire propagandiste que les maux éprouvés, depuis trente ans, par l'humanité, n'ont pu guérir de ses chimères. Il n'a été le partisan de Buonaparte qu'en le considérant comme chef de la révolution ; et il aurait voulu que, par lui, les *frontières de cette révolution s'étendissent plus rapidement ;* il ne le blâme aujourd'hui que parce qu'il n'a pas essayé de changer la *forme et le personnel* de tous les états ; parce qu'il n'a pas *refondu l'Europe sur un plan analogue à sa civilisation;* enfin parce qu'il n'a pas fait *avec les peuples des alliances plus solides qu'avec les souverains.* C'est ainsi que, depuis 1789, ces messieurs tendent à faire faire le tour du monde à la cocarde tricolore. Une seule réflexion doit étonner; c'est que de pareilles impertinences soient publiées au milieu de la confédération européenne soumise toute entière à des souverains légitimes.

« Je voulus corriger au moins ce que j'avais fait en Prusse, en organisant la confédération du Rhin, parce que j'espérais contenir l'un par l'autre. Pour former cette confédération, j'ai agrandi les états de quelques souverains aux dépens d'une cohue de petits princes qui ne servaient qu'à manger l'argent de leurs sujets, sans pouvoir leur être bons à rien. J'attachai ainsi à ma cause les souverains dont j'avais grossi le volume, par les intérêts de leur agrandissement. Je les fis conquérants malgré eux; mais ils se trouvèrent bien du métier; ils ont fait volontiers cause commune avec moi; ils ont été fidèles à cette cause tant qu'ils l'ont pu.

» Le continent se trouva ainsi pacifié pour la quatrième fois. J'avais étendu la surface et la prépondérance de l'empire ; mon pouvoir immédiat s'étendait de l'Adriatique aux bouches du Wéser ; mon pouvoir d'opinion, sur toute l'Europe. »

— Personne n'a oublié que l'établissement de la confédération du Rhin fut une des principales causes de la rupture avec les Prussiens, en 1806 : l'auteur du roman prétend cependant ici que Buonaparte n'a établi cette confédération que pour réparer les fautes qu'il avait faites en terminant cette guerre. Cette erreur vient de la même source que celle qui a déjà été signalée, relativement à l'occupation du Hanovre. A défaut d'une mémoire médiocre, le moindre journal eût suffi pour éviter des fautes aussi grossières. Et qu'on prenne bien garde que ce ne sont pas là de simples erreurs de date ! Je sens qu'à la rigueur, on pourrait supposer (quelque invraisemblable que fût cette supposition), que Buonaparte a placé, en 1810, ce qui s'est passé en 1806 ; mais lui faire expliquer sa politique, en substituant alternativement les effets aux causes, les causes aux effets, en plaçant sans cesse les résultats avant les moyens, les moyens après les résultats..... je ne sais pas, en vérité, de quoi l'on doit le plus s'étonner de l'impudente ignorance de l'auteur ou de la crédulité stupide des hommes, qui, depuis trois mois, se prosternent devant de pareils inepties.

« Mais l'Europe sentait, comme moi, que cette pacification n'était encore qu'une œuvre provisoire, parce qu'il y avait trop d'éléments de résistances, et qu'en traitant avec ces résistances, comme j'avais eu le tort de le faire, je n'avais fait que reculer la difficulté.

» Le principe vital de la résistance était en Angleterre ; je n'avais aucun moyen de l'attaquer corps à corps, et j'étais sûr que la guerre se renouvellerait sur le continent, tant que le ministère anglais aurait de quoi en payer les frais. La chose pouvait durer long-temps, parce que les bénéfices de la guerre alimentaient la guerre. C'était un cercle vicieux, dont le résultat était la ruine du continent. Il fallait donc trouver un moyen de détruire les bénéfices que la guerre maritime valait à l'Angleterre, afin de ruiner le crédit du ministère. On me proposa, dans ce but, le système continental. Il me parut bon, et je l'acceptai. Peu de gens ont compris ce système. On s'est obstiné à n'y voir d'autre but que celui de renchérir le café. Il devait avoir de toutes autres conséquences.

» Il devait ruiner le commerce anglais. En cela il a mal fait son devoir, parce qu'il a produit, comme toutes les prohibitions, un renchérissement; ce qui est toujours à l'avantage du commerce, et parce qu'il ne peut être assez complètement établi pour bannir la contrebande.

» Mais le système continental devait servir encore à désigner clairement nos amis d'avec nos ennemis. Nous ne pouvions pas nous y tromper. L'attachement au système continental témoignait de l'attachement à notre cause, parce qu'il était son enseigne et son palladium.

» Ce système, si débattu, était indispensable dans le moment où je l'ai établi ; car il faut qu'un grand empire ait non seulement une tendance générale pour diriger sa politique ; mais son économie doit avoir une tendance pareille. Il faut une route à l'industrie, comme à toutes choses, pour se mouvoir et pour avancer. Or la France n'en avait point quand je lui ai tracé sa route en lui donnant le système continental.

» L'économie de la France s'était portée, avant la révolution, vers les colonies et le commerce d'échange. C'était la mode alors ; elle y avait eu de grands succès. A quelque point qu'on ait vanté ces succès, ils n'avaient eu cependant d'autres résultats que ceux d'amener la ruine des finances de l'État, la perte de son crédit, la destruction de son système militaire, la perte de sa considération au dehors, la langueur de son agriculture. Ces succès l'avaient amenée finalement à signer un traité de commerce qui livrait son approvisionnement aux Anglais.

» La France avait, à la vérité, de beaux ports de mer et quelques négociants dont les fortunes étaient colossales.

» La guerre avait détruit sans retour le système maritime ; les ports de mer étaient ruinés ; aucune force humaine ne pouvait leur rendre ce que la révolution avait anéanti. Il fallait donc donner une autre impulsion à l'esprit de trafic, pour rendre la vie à l'industrie de la France. Il n'y avait pas d'autre moyen d'y parvenir que celui d'enlever aux Anglais le monopole de l'industrie manufacturière, pour faire de cette industrie la tendance générale de l'économie de l'Etat. Il fallait créer le système continental.

» Il fallait ce système, et rien de moins; parce qu'il fallait donner une prime énorme aux fabriques, pour engager le commerce à mettre en dehors les avances qu'exige l'établissement de tout un ensemble de fabrication. »

— Les fameux décrets de Berlin, qui établirent le système continental précédèrent de près d'un an le traité de Tilsitt; ainsi ils n'en furent ni la suite ni la conséquence. Mais ce qu'il y a de plus remarquable dans ce paragraphe, c'est le soin que l'auteur met à justifier son héros sur le système continental: ce système si ridicule, si désastreux, et dont les derniers résultats furent d'obliger les fabricants français à ensevelir leurs marchandises dans les flots de l'Océan, afin d'obtenir des *primes énormes* pour ce singulier genre d'*exportation !* Voilà par quels moyens Buonaparte a prétendu remplacer le commerce des colonies, cette source de richesses si féconde pour la France, et que l'auteur du roman accuse si ridiculement d'avoir ruiné ses finances et altéré son crédit. Il avoue cependant que le système continental ne pouvait pas être complet, et qu'ainsi ce système n'eut d'autre effet que le renchérissement des marchandises ; lequel renchérissement ne fut cependant pas à l'*avantage du commerce*, comme il le prétend, mais au profit du gouvernement impérial, comme tout le monde le sait, par suite du plus monstrueux monopole. Pourquoi l'auteur n'a-t-il pas fait dire franchement ici à Buonaparte son véritable motif; c'était une occasion de mieux feindre et peut-être de faire croire à ses mensonges. Il eût fallu pour cela que son héros déclarât sans détour que ce système ne devait pas seulement lui servir à distinguer ses ennemis ; mais qu'il devait aussi lui fournir des prétextes pour traiter successivement comme tels tous les souverains de l'Europe.

« Il aurait été insensé de renoncer à un système (le système continental), au moment où il *portait ses fruits*. Il fallait l'affermir, pour donner d'autant plus de prise à l'émulation.

» Cette nécessité a influé sur la politique de l'Europe, en ce qu'elle a fait à l'Angleterre une nécessité de poursuivre l'état de guerre. Dès ce moment aussi, la guerre a pris en Angleterre un caractère plus sérieux. Il s'agissait pour elle de la fortune publique, c'est-à-dire de son existence : la guerre se popularisa. Les Anglais ne confièrent plus à des auxiliaires le soin de leur protection ; ils s'en chargèrent eux-mêmes, et parurent en grosses masses sur le terrain. La lutte n'est devenue périlleuse que depuis lors ; j'en reçus l'impression en signant le décret. Je soupçonnai qu'il n'y aurait plus de repos pour moi, et que ma vie se passerait à combattre des résistances que le public ne voyait plus, mais dont j'avais le secret, parce que je suis le seul que les apparences n'aient jamais trompé. Je me flattais, au fond du cœur, de rester maître de l'avenir, au moyen de l'armée que j'avais faite : tant de succès l'avaient rendue invincible; elle ne doutait jamais du succès; les mouvements étaient faciles, parce que nous avions renoncé au système des camps et des magasins. (1) On pouvait la transporter à l'instant sur toutes les directions, et partout elle arrivait avec la conscience de sa supériorité. Avec de tels soldats, quel est le général qui n'eût aimé la guerre? Je l'aimais, je l'avoue, et cependant je n'ai plus senti en moi, depuis l'affaire de Jéna (2), la plénitude de confiance ni le mépris de l'avenir auxquels j'ai dû mes premiers succès. Je me défiais de moi-même : cette défiance portait de l'incertitude dans mes décisions; mon humeur en était altérée, mon caractère abâtardi. Je me commandais; mais ce qui n'est pas naturel n'est jamais parfait.

» Le système continental avait décidé les Anglais à nous faire la guerre à mort. Le nord était soumis et contenu par mes garnisons, les Anglais n'y avaient

---

(1) Il y avait alors plus de douze ans que les armées françaises n'avaient à leur suite ni tente, ni magasin.

(2) L'auteur veut encore ici que ce soit la bataille d'Iéna qui ait terminé la guerre, et cette erreur est une conséquence de la première, qui lui a fait placer celle de Friedland deux dans avant sa date réelle.

plus d'autres rapports que ceux de la contrebande; mais on leur avait livré le Portugal, et je savais que l'Espagne favorisait leur commerce à l'abri de sa neutralité.

» Pour que le système continental fût bon à quelque chose, il fallait qu'il fût complet. Je l'avais établi, à peu de chose près, dans le nord. Il fallait le faire respecter dans le midi. Je demandai à l'Espagne un passage pour un corps d'armée que je voulais envoyer en Portugal : on me l'accorda. A l'approche de mes troupes, la cour de Lisbonne s'embarqua pour le Brésil, et me laissa son royaume. Il fallut établir, au travers de l'Espagne, une route militaire pour communiquer avec le Portugal. Cette route nous mit en rapport avec l'Espagne. Jusqu'alors je n'avais jamais songé à ce pays, à cause de sa nullité.

» L'état politique de l'Espagne était alors inquiétant; elle était gouvernée par le plus incapable des souverains; brave et digne homme, dont l'énergie se bornait à obéir à son favori. Ce favori, sans caractère et sans talent, n'avait lui-même d'autre énergie que celle de demander sans cesse des richesses et des dignités.

» Le favori m'était resté dévoué, parce qu'il trouvait commode de gouverner sous l'ombre de mon alliance; mais il avait si mal mené les affaires que son crédit avait baissé en Espagne. Il ne pouvait plus s'y faire obéir. Son dévouement me devenait inutile.

» Les opinions avaient marché en Espagne dans un sens inverse du reste de l'Europe. Le peuple, qui s'était élevé partout à la hauteur de la révolution, y était resté fort au-dessous ; les lumières n'avaient pas percé jusqu'à la seconde couche de la nation ; elles s'étaient arrêtées à la surface, c'est-à-dire sur les hautes classes. Celles-ci sentaient l'abaissement de leur patrie, et rougissaient d'obéir à un gouvernement qui perdait leur pays. On les appelait les libéraux.

» En sorte que les révolutionnaires étaient en Espagne ceux qui avaient à perdre à la révolution; et ceux qui devaient y gagner ne voulaient pas en entendre parler. Le même contre-sens a eu lieu également à Naples. Il m'a fait faire beaucoup de fautes, parce que je n'en ai pas eu la clef d'entrée.

» La présence de mes troupes en Espagne y causa un événement. Chacun l'interpréta. Les têtes s'en occupèrent ; la fermentation commença. J'en fus informé. Les libéraux furent sensibles à l'humiliation de leur pays ; ils crurent prévenir sa ruine par une conjuration ; cette conjuration réussit : elle se borna à faire abdiquer le vieux roi et à rouer de coups son favori. L'Espagne ne gagnait rien au fond à ce changement ; car le fils qu'on mettait sur le trône ne valait pas mieux que son père. Je sais à quoi m'en tenir à cet égard.

» La conjuration eut à peine réussi, que les conjurés s'épouvantèrent de leur audace ; ils eurent peur d'eux, de moi, de tout le monde. Les moines n'approuvaient pas la violence qu'on avait exercée contre leur vieux roi, parce qu'elle était illégitime; je la désapprouvai également. Par un autre motif, l'épouvante se mit dans la nouvelle cour, la révolte dans le peuple et l'anarchie dans l'Etat.

» La force des choses avait amené ainsi un changement en Espagne, puisqu'une révolution venait d'y commencer par le fait. Cette révolution ne pouvait pas être de la même nature que celle de la France, parce que les éléments en étaient différents. Jusqu'alors elle n'avait eu aucune direction, parce qu'elle n'avait point eu de chef, ni de parti pris d'avance. Ce n'était encore qu'une suspension d'autorité, une subversion de pouvoir, un désordre : voilà tout.

» On ne pouvait prévoir autre chose sur le sort de l'Espagne, si ce n'est qu'avec un peuple ignorant et farouche, cette révolution ne s'achèverait pas sans des flots de sang et de longues calamités.

» Que demandaient d'ailleurs les hommes qui voulaient un changement en Espagne? Ce n'était pas une révolution comme la nôtre : c'était un gouvernement capable, une autorité qui fût en état d'ôter la rouille qui couvrait leur pays, afin de lui rendre la considération au dehors et la civilisation au dedans.

» Je pouvais leur donner l'un et l'autre, en m'emparant de leur révolution au point où ils l'avaient amenée. Il s'agissait de donner à l'Espagne une dynastie qui serait forte, parce qu'elle serait neuve, et qui serait éclairée, parce qu'elle serait dépourvue de préjugés. La mienne réunissait ces qualités. Je songeai donc à lui donner ce trône de plus.

» A cet égard, le plus difficile était fait : c'était de se débarrasser de l'ancienne dynastie. Or, les Espagnols avaient laissé abdiquer leur vieux roi, et ne voulaient pas reconnaître le nouveau. Tout semblait donc présager que l'Espagne, pour éviter l'anarchie, accepterait un souverain qui se présenterait armé d'un levier prodigieux ; elle serait entrée, par-là, sans efforts dans le rayon du système impérial ; et, quelque déplorable que fût l'état social de l'Espagne, il ne fallait pas dédaigner cette conquête.

» Comme il faut voir les choses par soi-même pour s'en faire une juste idée, je partis pour Bayonne, où j'avais invité la vieille cour d'Espagne à se rendre. Comme elle n'avait rien de mieux à faire, elle y vint. J'avais invité également la nouvelle, et je m'attendais qu'elle ne viendrait pas parce qu'elle avait beaucoup mieux à faire.

» Je pensai que, pour ne pas le mettre en présence ni de moi, ni de son père, on aurait fait prendre à Ferdinand ou le parti de la révolte, ou celui de gagner l'Amérique. Il ne prit ni l'un ni l'autre ; il s'en vint à Bayonne avec son précepteur et ses confidents, et laissa l'Espagne au premier occupant.

» Cette démarche seule me donna la mesure de cette cour ; j'eus à peine conféré avec ces chefs de conjurés, que je vis l'ignorance où ils étaient de leur propre situation. Ils n'avaient de parti pris sur rien ; ils ne prévoyaient rien ; ils menaient leur politique comme des quinze-vingt. J'eus à peine vu le souverain qu'ils avaient mis sur le trône, que je fus convaincu qu'on ne devait pas laisser l'Espagne en de pareilles mains.

Je me décidai alors à recevoir l'abdication de cette famille, et à placer un de mes frères sur un trône que ses maîtres venaient d'abandonner ; ils en étaient descendus si facilement, que je crus qu'il y monterait de même.

» Rien, en effet, ne semblait s'y opposer : la junte de Bayonne l'avait reconnu ; aucun pouvoir légal n'était resté en Espagne pour refuser ce changement de règne ; le vieux roi s'était montré reconnaissant de ce que j'avais ôté le trône à son fils, et il était allé se reposer à Compiègne. Son fils fut conduit au château de Valencay, où l'on avait fait les préparatifs nécessaires.

» Les Espagnols savaient à quoi s'en tenir avec leur vieux roi ; il ne laissa ni regrets ni souvenirs ; mais son fils était jeune ; son règne en espérance. Il était malheureux, on en fit un héros : l'imagination se monta en sa faveur. Les libéraux crièrent à l'indépendance nationale, les moines à l'illégitimité : toute la nation s'est armée sous ces deux bannières.

» Je conviens que j'ai eu tort de mettre le jeune roi en séquestre à Valençay. J'aurais dû le laisser voir à tout le monde, afin de détromper ceux qui s'intéressaient à lui.

» J'ai eu tort surtout de ne pas lui permettre de rester sur le trône. Les choses auraient été de mal en pis en Espagne ; je me serais acquis le titre de protecteur du vieux roi, en lui donnant un asile.

» Le nouveau gouvernement n'aurait pas manqué de se compromettre avec les Anglais; je lui aurais déclaré la guerre tant en mon nom qu'en qualité de fondé de pouvoirs du vieux roi. L'Espagne aurait confié à son armée le sort de cette guerre, et dès qu'elle aurait été battue, la nation se serait soumise au droit de conquête; elle n'aurait pas même songé à en murmurer, parce qu'en disposant des pays conquis, on ne fait que suivre les usages reçus.

» Si j'avais été plus patient, j'aurais suivi cette marche; mais je crus que le résultat étant le même, les Espagnols accepteraient *à priori* un changement de dynastie, que la position des affaires rendait inévitable. Je mis de la gaucherie dans cette entreprise, parce que je supprimai les gradations. Je venais de déplacer ainsi l'ancienne dynastie d'une manière offensante pour les Espagnols. Blessés dans leur orgueil, ils ne voulurent pas reconnaître celle que j'avais mise à sa place; il en résulta qu'il n'y eut plus d'autorité nulle part, c'est-à-dire qu'elle se trouva partout. La nation en masse se crut chargée de la défense de l'Etat, puisqu'il n'y avait plus d'armée ou d'autorité auxquelles on pût confier cette défense. Chacun en prit la responsabilité : je créai l'anarchie. Je trouvai contre moi toutes les ressources qu'elle donne; j'eus toute la nation sur les bras.

» Cette nation, dont l'histoire n'a signalé que l'avarice et la férocité, était peu redoutable devant l'ennemi ; elle fuyait à la vue de mes soldats, mais elle les assassinait par derrière. Ils en étaient révoltés ; ils avaient les armes à la main ; ils usaient de représailles. De représailles en représailles, cette guerre est devenue une arène d'atrocités.

» J'ai senti qu'elle imprimait un caractère de violence à mon règne, qu'elle était d'un exemple dangereux pour les peuples et funeste pour l'armée, parce qu'elle consommait beaucoup d'hommes et fatiguait le soldat. J'ai senti qu'elle avait été mal commencée ; mais une fois que cette guerre avait été entamée, il n'était plus possible de l'abandonner ; car le plus petit revers enflait mes ennemis, et mettait l'Europe en armes. J'ai été obligé d'être toujours victorieux.

» Je ne tardai pas à en faire l'épreuve.

» J'étais allé en Espagne, afin d'accélérer les événements et de connaître le terrain sur lequel j'allais laisser mon frère. J'avais occupé Madrid, et détruit l'armée anglaise qui venait à son secours. Mes succès étaient rapides, l'effroi à son comble, la résistance allait finir ; il n'y avait pas un moment à perdre ; on n'en perdit pas non plus. Le ministère anglais arma l'Autriche ; il a toujours été aussi actif à me trouver des ennemis que je l'ai été à les battre. »

— On sait que l'un des effets les plus remarquables du système continental, fut de soulever contre nous le reste de l'Europe, et de nous mettre en guerre avec toutes les nations qui ne voulurent pas, en s'y soumettant, se priver de tout commerce et de toute relation avec leurs voisins. L'auteur du roman convient de ce résultat immédiat ; mais il pense qu'il n'eût pas été sage de renoncer à ce système au moment où il *portait ses fruits ;* or, on sait quels furent ces fruits (1).

Il dit ensuite que ce fut pour rendre cette mesure *complète*, que Buonaparte envoya des troupes contre le Portugal (bien que cette puissance fût en paix avec la France depuis long-temps, et qu'elle n'eût alors d'autre tort que de vouloir continuer son commerce). Chemin faisant, Buonaparte pensa à l'Espagne ; et, quoique la *nullité* de ce royaume l'eût empêché jusqu'alors de *s'en occuper*, il daigna y penser dans ce moment, à l'occasion d'une route militaire qu'il lui fallut tracer. Tout le monde

(1) Malgré le blocus des îles britanniques, que Buonaparte décréta sans avoir de marine pour le mettre à exécution, l'Angleterre continua à approvisionner l'Europe de toutes les marchandises coloniales, à l'exclusion des neutres ; et ces approvisionnements ne parvinrent en France que par le fait de Napoléon, devenu seul et véritable commissionnaire de tout commerce extérieur, à 80 pour 100 de bénéfice. Un autre résultat fut, pour lui, de payer avec ces bénéfices les marchandises des fabriques françaises que l'on jetait à la mer, et d'accorder des primes aux fabricants pour ces exportations. Voulant, dans le même temps, prouver aux négociants français qu'il travaillait pour eux, il fit brûler en place publique des marchandises qui étaient devenues leur propriété.

sait ce qui se passa depuis qu'il eut cette *pensée*. Les plus petites circonstances de cette époque ont été dévoilées et publiées par les relations de Cevallos, d'Escoiquitz et d'une foule de témoins. Cependant, selon son usage, l'auteur du roman les tronque, les rend méconnaissables, et, dans cette partie comme dans tout le reste de l'ouvrage, il montre une ignorance absolue des événements qu'il raconte. Cet écrivain n'a évidemment gardé qu'un souvenir confus de ce qui est encore tout entier dans la mémoire de ses contemporains; il n'a pas même pris la peine d'ouvrir un volume pour suppléer à cette absence complète de tout souvenir. Si l'on ajoute à cela les effets de sa mauvaise foi et le penchant qu'il a pour tout dénatûrer et tout plier à son système de révolution et de propagandisme, on se fera une idée du chaos que présente son livre.

On sait assez aujourd'hui que Charles IV avait abdiqué très librement en faveur de son fils, et que ce n'est que par les suggestions et les menaces de Buonaparte qu'il se rétracta ensuite. Ce fait est devenu, par l'aveu de ce prince, et par la notoriété publique, une chose constante; et Buonaparte ne peut le nier. Le romancier, qui n'a pas consulté d'autres renseignements que les bulletins de ce temps-là, fait dire le contraire à celui-ci; et après l'avoir représenté comme déterminé *par le hasard* dans cette usurpation, il ajoute que *sa dynastie* pouvait seule régner en Espagne, parce qu'elle était *neuve*, *éclai-*

rée et *dépourvue de préjugés.* Personne ne lui contestera la *nouveauté :* quant aux lumières, nous n'avons pas ouï dire que Joseph Buonaparte fût un homme éclairé. On sent ce que signifie le mot *préjugé* dans la bouche de notre auteur.

Loin de déplaire aux Espagnols, l'avènement de Ferdinand VII au trône combla tous leurs vœux. Ce jeune monarque n'avait pour ennemis que Buonaparte et le trop fameux Godoï : le peuple de Madrid fut dans l'ivresse pendant plusieurs jours ; et cette joie ne cessa qu'à l'arrivée de Murat avec son armée. Ce peuple, loin de *ne pas vouloir reconnaître* son nouveau souverain, craignait tellement de le perdre, que, plus prévoyant que lui, il voulut l'empêcher de partir pour Baïonne. Les événements ont d'ailleurs assez fait connaître lequel de Charles IV, de Ferdinand VII, ou de Joseph, les Espagnols voulaient pour roi.

On peut voir, dans les Mémoires de Cevallos et d'Escoiquitz, toutes les ruses et les perfidies que Murat et Savary mirent en usage pour déterminer Ferdinand à se rendre à Baïonne, où ils assuraient que *leur maître était prêt à le reconnaître.* On verra, dans ces Mémoires, si celui-ci s'était borné à une *invitation ;* enfin, on saura comment la violence devait suppléer à la ruse et à la perfidie, et l'on jugera si Buonaparte aurait quelque raison de dire aujourd'hui qu'il ne *s'attendait pas à le voir arriver,* parce que ce prince avait *autre chose à faire.*

Tout le monde sait aujourd'hui que Buonaparte

conçut le projet de s'emparer de l'Espagne aussitôt après la paix de Tilsitt, et qu'il fut question de cette invasion aux conférences d'Erfurt. On sait aussi que, dès-lors, des troupes nombreuses traversèrent l'Allemagne et la France, se dirigeant vers les Pyrénées. Ses projets n'étaient alors un mystère pour personne; cependant l'auteur du roman lui fait dire que ce ne fut qu'en voyant les princes espagnols, et d'après la connaissance qu'il eut de leur caractère, qu'il se décida à renverser leur dynastie. Ici le ridicule l'emporte sur l'infamie; et l'on ne peut que rire de pitié, en voyant Buonaparte faire le voyage de Baïonne pour voir ces malheureux princes, juger s'ils sont capables de porter la couronne, et la leur arracher dès qu'il en a décidé autrement. Ce sont là des pauvretés que Buonaparte n'oserait pas dire, ou qu'il dirait autrement. Il ne peut avoir oublié qu'il rencontra au contraire, dans la fermeté de Ferdinand VII et de ses ministres, des obstacles auxquels il ne s'était pas attendu. Jamais ce jeune monarque ne déploya un plus beau caractère, et jamais il ne fut mieux secondé par le courage de ses ministres. L'énergie de leurs représentations effraya Buonaparte, et elle le fit hésiter un moment. Que pouvaient-ils faire de plus, dépourvus, comme ils étaient, de tout moyen de résistance, et pris dans un infâme guet-à-pens? C'est après les avoir représentés dans une situation où ils donnèrent à leur roi des preuves d'une fidélité si courageuse et si incontestable, que l'auteur de la plus misérable rapsodie ose appeler ces braves gens des *chefs de conjurés!*

Il représente ensuite le vieux roi Charles IV comme très *reconnaissant* de toutes ces indignités, et s'abandonnant au repos dans le palais de Compiègne, comme si toute la France n'avait pas vu cet auguste et malheureux vieillard conduit par une compagnie de gendarmes, et sans que la moindre précaution déguisât ces outrages, de Baïonne à Fontainebleau, de Fontainebleau à Compiègne, à Marseille, etc.

Ce fut bien pis à l'égard des princes ses fils. Tous les deux furent relégués dans le château de Valençay; ils ont passé six ans dans cette prison sans cesse gardés à vue et aussi resserrés que des malfaiteurs. On voit, par ces cruelles précautions, combien Buonaparte redoutait ces jeunes princes, et l'on ne peut douter qu'il n'eût du caractère de Ferdinand une idée toute différente de celle que voudrait en donner l'auteur du roman.

On reconnaît, aux traits injurieux qu'il a dirigés contre la personne de ce jeune souverain, la haine que lui portent les révolutionnaires et les *libéraux* de tous les pays. Buonaparte lui-même n'aurait pas été aussi injuste envers un prince qui fut si long-temps sa victime.

Ce qui n'est pas moins invraisemblable dans la bouche de Napoléon, c'est l'aveu de ses fautes.

Enfin s'il eût écrit lui-même, il se serait peut-être rappelé qu'il n'a point *détruit* d'armée anglaise dans cette occasion; qu'après avoir suivi pendant quelques jours, sans pouvoir l'entamer, celle que commandait le général Moor, il revint précipitamment à Paris, et qu'il était déjà dans cette capitale lorsque les Anglais livrèrent au maréchal Soult, à la Corogne, une bataille sanglante dont le succès resta indécis, et où il n'y eut point d'armée *détruite*.

Buonaparte n'eût vraisemblablement pas dit non plus que la nation espagnole n'est signalée dans l'histoire que *par l'avarice et la férocité*. Quoique l'auteur du roman ait fait, dès son début, déclarer à son héros qu'il était fort ignorant, il est impossible qu'il ne sache pas que les troupes espagnoles ont été, pendant plus de deux siècles, les meilleures de l'Europe.

Chaque peuple, à son tour, a brillé sur la terre,
Par les lois, par les arts, et surtout par la guerre.

Ne serait-il pas possible que l'impulsion militaire qui a été donnée à cette nation, lui rendît son ancienne splendeur?

« Le projet de l'Autriche fut mené pour cette fois très adroitement; il me surprit. Il faut rendre justice à ceux qui la méritent.

» Mes armées étaient éparpillées à Naples, à Madrid, à Hambourg; j'étais moi-même en Espagne. Il était probable que les Autrichiens devaient, en débutant, obtenir du succès. Ce succès pouvait en amener d'autres; dans ce genre, c'est le premier pas qui coûte. Ils auraient pu tenter la Prusse et la Russie, retremper le courage des Espagnols, et rendre la popularité au ministère anglais.

» La cour de Vienne a une politique tenace, que les

événements ne dérangent jamais. J'ai été long-temps avant d'en deviner la cause. Je me suis aperçu enfin, mais trop tard, que cet état n'avait de si profondes racines que parce que la bonhomie du gouvernement l'a laissé dégénérer en oligarchie. L'état n'est plus mené que par une centaine de nobles. Ils possèdent le territoire et se sont emparés des finances, de la politique et de la guerre. Au moyen de quoi ils sont maîtres de tout, et n'ont laissé à la cour que la signature.

» Or, les oligarchies ne changent jamais d'opinions, parce que leurs intérêts sont toujours les mêmes. Elles font mal tout ce qu'elles font, mais elles font toujours parce qu'elles ne meurent jamais. Elles n'obtiennent jamais de succès, mais elles supportent admirablement les revers, parce qu'elles les supportent en société. L'Autriche a dû quatre fois son salut à cette forme de gouvernement; elle décida de la guerre qu'on venait de me déclarer.

» Je n'avais pas un moment à perdre, je quittai brusquement l'Espagne, et courus sur le Rhin; je ramassai les premières troupes que je trouvai sous ma main. Le prince Eugène s'était déjà laissé battre en Italie; je lui envoyai des renforts. Les rois de Souabe et de Bavière me prêtèrent leurs troupes : j'allai battre avec elles les Autrichiens à Ratisbonne, et je marchai sur Vienne.

» Je suivis, à marche forcée, la rive droite du Danube; je comptais sur les succès du vice-roi pour opérer notre jonction. Je voulais devancer les

Autrichiens à Vienne, y passer le Danube, et me trouver en position pour recevoir l'archiduc. Ce plan était bien conçu ; mais il était imprudent, parce que j'avais affaire à un habile homme, et que je n'avais pas assez de troupes ; mais la fortune était alors pour moi.

» L'archiduc fit, en revanche, une très belle marche. Il devina mon projet et gagna les devants. Il se porta rapidement sur Vienne, par la rive gauche du Danube, et prit position en même temps que moi. C'est, à ma connaissance, la seule belle manœuvre que les Autrichiens aient jamais faite.

» Mon plan de campagne était manqué. J'étais en présence d'une armée formidable ; elle dominait mes mouvements et me forçait à l'inaction. Il n'y avait plus qu'une grande affaire qui pût terminer la guerre. C'était moi qui devais attaquer. L'archiduc m'avait réservé ce rôle : il n'était pas facile à jouer, car il était en position de me recevoir.

» Par un bonheur inespéré, l'archiduc Jean, au lieu de contenir, à tout prix, le vice-roi, se laissa battre. L'armée d'Italie le rejeta de l'autre côté du Danube. Nous eûmes pour nous toute sa droite.

» Mais comme nous ne voulions pas y rester toujours, il fallait en finir. Je fis jeter des ponts. L'armée s'ébranla. Le corps du maréchal Masséna déboucha le premier ; il commençait le feu, lorsqu'un accident rompit les ponts. Il était impossible de les réparer assez tôt pour le secourir : il fut attaqué par toute l'armée ennemie. Cette troupe se défendit avec une valeur héroïque, car elle était sans espoir. Les munitions manquèrent : ils allaient périr, lorsque les Autrichiens cessèrent leur feu, croyant qu'à chaque jour suffit sa peine. Ils reprirent position au moment décisif, et me tirèrent d'une cruelle angoisse. »

— Voici une campagne très importante et qui fut décisive pour Buonaparte, racontée encore une fois avec une brièveté et une insuffisance désespérantes. Mais les réticences ne sont pas la partie la plus choquante du récit : chaque phrase, chaque assertion y est une erreur, un anachronisme ou une absurdité.

D'abord le tableau *oligarchique* du gouvernement autrichien est en opposition avec tout ce que l'on sait de cette monarchie.

Ensuite il n'est pas vrai que Buonaparte *se trouvât encore en Espagne* lorsque l'Autriche fit ses premières démonstrations. Cette puissance n'occupa la Bavière que dans le mois d'avril; et, dès le mois de janvier, Napoléon, après avoir promis solennellement qu'il irait planter ses aigles sur les tours de Lisbonne, avait jugé plus prudent de revenir à Paris.

Les éloges que l'auteur du roman donne à la marche de l'archiduc Charles, ne flatteront pas beaucoup ce prince, et je ne crois pas qu'il ait jamais tiré grande vanité de cette opération; elle n'est certainement pas son plus beau fait d'armes; c'était une chose assez simple que de mettre un fleuve entre son armée et un ennemi qu'il ne voulait pas combattre. Au reste, il n'y a pas dans tout cela beaucoup à louer ni à reprendre, si ce n'est le fait de Buonaparte, qui fut réellement très blâmable pour avoir osé passer le Danube *devant une armée formidable, en position de le bien recevoir.*

Ce n'est pas avant la bataille d'Esling, qui eut lieu le 21 mai 1809, mais six semaines plus tard, et au moment de la bataille de Wagram, que l'armée d'Italie, commandée par Eugène Beauharnais, vint se réunir à Buonaparte; et alors celui-ci n'eut pas *pour lui toute sa droite;* car, dans la position des armées, c'était au contraire la gauche d'Eugène qui devait s'appuyer à Napoléon. Ce n'est pas le corps du maréchal Masséna qui déboucha le premier, ce fut celui de Lasnes, qui y fut tué. Masséna vint au secours, et par son sang-froid il sauva l'armée française du plus grand péril.

« Nous n'en avions pas moins éprouvé un revers; je m'en aperçus par l'état de l'opinion. On publiait ma défaite; on annonçait ma retraite; on en donnait les détails; on prévoyait ma perte. Les Tyroliens s'étaient révoltés; il avait fallu y envoyer l'armée de Bavière; des partis s'étaient armés en Prusse et en Westphalie, et couraient le pays pour exciter un soulèvement; les Anglais tentaient une expédition contre Anvers, qui aurait réussi sans leur ineptie. Ma position empirait chaque jour. »

— Le mot *ineptie* est un peu fort, et je ne crois

pas que Buonaparte s'en fût servi. Il sait bien que le plan de cette expédition n'était pas mal conçu ; ce plan lui donna de grandes inquiétudes, et il lui en aurait donné de plus grandes, si l'issue de la bataille de Wagram n'eût pas été en sa faveur. Cette opération fut exécutée avec maladresse et timidité ; l'activité du duc de Feltre, qui était alors ministre de la guerre, lui opposa une résistance imprévue, et la fin subite de la guerre d'Autriche la rendit sans objet. Ainsi il est vrai de dire que, par ce concours de circonstances, le plan resta sans résultats ; mais certainement il n'était pas inepte.

« Enfin, je parvins à jeter de nouveaux ponts sur le Danube. L'armée passa le fleuve par une nuit épouvantable. J'assistai à ce passage, parce qu'il me donnait de l'inquiétude : il se fit à souhait. Nos colonnes eurent le temps de se former, et cette grande journée s'ouvrit sous d'heureux auspices.

» La bataille fut belle, parce qu'elle fut disputée. Les généraux ne firent cependant pas de grands efforts d'imagination, parce qu'ils commandaient de grosses masses sur un terrain plat. Il fut longtemps défendu. L'intrépidité de nos troupes, et une manœuvre hardie de Macdonald, décidèrent la journée.

» Une fois rompue, l'armée autrichienne défila en désordre dans une longue plaine, où elle perdit beaucoup de monde. Je la suivis vivement, car il fallait décider la campagne. Battue en Moravie, il n'y eut d'autre parti à prendre que celui de me demander la paix. Je l'accordai, pour la quatrième fois.

» J'espérais qu'elle serait durable, parce qu'on se lasse d'être battu comme de toute autre chose, et parce qu'un assez grand parti, dans Vienne, opinait en faveur d'une alliance finale avec l'empire.

» Je souhaitais la paix, parce que je sentais le besoin d'accorder quelque relâche aux peuples; car, au lieu de goûter les avantages de la révolution, ils n'en avaient vu, jusqu'à présent, que les ravages. Nous n'étions plus des protecteurs pour eux, comme au commencement de la guerre; et pour accoutumer l'opinion de l'Europe à la nature de mon pouvoir, il ne fallait pas le montrer toujours sous un aspect hostile.

» Le parti ennemi assurait en revanche à la foule, qu'il ne s'armait que pour la délivrer du fléau de la guerre, et pour faire baisser les marchandises anglaises.

» Ces insinuations faisaient des prosélytes. La guerre dépopularisait la révolution : c'est pourquoi je desirais la paix ; mais il fallait obtenir le consentement du ministère anglais. L'Autriche se chargea de la demander. On la refusa.

» Ce refus m'inquiéta. Il fallait que l'Angleterre se connût des ressources dont je n'avais pas le secret. Je cherchai à les découvrir, mais en vain.

» Au lieu de désarmer, je fus forcé de rester sur le pied de guerre et de fatiguer l'Europe. J'en étais d'autant plus fâché, que les alliés avaient tout l'honneur de la lutte, si j'en avais tout le succès; car ils avaient l'air innocent que donne la défense des choses qu'on appelle légitimes, parce qu'elles sont vieilles. J'avais en revanche l'air agresseur, parce que je me battais pour les détruire et pour faire du neuf. Je portais ainsi seul le poids de l'accusation : et cependant la guerre de la révolution n'a été que le résultat de la position de l'Europe. C'était la crise qui changeait ses moeurs; c'était la conséquence inévitable d'un passage d'un système social à un autre. Si j'avais été l'inventeur de ce système, j'aurais été coupable des maux qu'il a faits; mais il n'a été inventé par personne; il n'a été produit que par la marche du temps : elle a préparé sourdement cette révolution, comme elle avait amené celle du protestantisme, avec les malheurs qui l'ont suivie. La guerre n'a pas dépendu davantage de moi que des alliés; elle a dépendu de la manière dont la création a fait le genre humain.»

— Cette description de la bataille de Wagram n'est pas plus complète que les autres; cependant on n'y remarque pas des erreurs aussi grossières; mais Buonaparte ne trouvera sans doute pas fort bien que l'auteur lui fasse dire: *les généraux n'y eurent pas à faire de grands efforts d'imagination;* il n'aime pas que l'on fasse ainsi les honneurs de sa gloire. Quoique le romancier montre souvent l'intention de plaire à son héros, je crois qu'il eût été un fort mauvais courtisan.

Viennent ensuite les *avantages* de la révolution, qui valent mieux que les choses qu'on *appelle* légitimes, parce que celles-ci sont *vieilles*; puis les regrets qu'inspire à notre romancier propagandiste le temps où les Français étaient les *protecteurs* des peuples ; celui, par exemple, où ils établissaient des républiques *batave*, *transpadane*, *cisalpine*, etc. En vérité, il faut que les révolutionnaires aient cru avoir bien besoin de Buonaparte, pour lui pardonner d'avoir fait cesser ce *bon temps !*

Pour faire la paix, l'Angleterre aurait dû, à cette époque, laisser Buonaparte maître absolu du continent, même de l'Espagne, quoique son pouvoir y devînt de jour en jour moins incontestable. On se rappelle qu'il fut question d'un congrès pour une pacification générale; mais que Napoléon ne voulut pas que les sujets fidèles de Ferdinand VII en fissent partie, déclarant qu'il ne pouvait y avoir désormais, dans cette contrée, d'autre souverain que de *sa dynastie.* Il n'était pas plus disposé à faire des concessions sur les autres points. Voilà tout le secret du refus des Anglais, ou plutôt de celui de Buonaparte. Si l'inquiétude que le romancier lui suppose à l'égard du cabinet britannique eût été réelle, il se serait tenu plus tranquille, il eût mis des bornes à son ambition, et il eût évité les désastres qui en ont été la suite.

« L'Angleterre continua la guerre sans auxiliaires, mais non pas sans alliés; car elle avait pour tels tous les ennemis de la révolution. Nous avions du terrain en Espagne pour nous battre ; j'y envoyai mes troupes, mais je n'y retournai pas moi-même. J'ai eu tort, parce qu'il n'y a que soi qui fasse bien ses affaires. Mais j'étais fatigué de ce tracas, et je méditais dès lors un projet qui devait donner à mon règne un nouveau caractère.

» On me suscita auparavant un autre embarras, dont je n'avais pas eu l'appréhension. Le nord était occupé par mes troupes. Les Anglais n'étaient pas assez forts pour m'attaquer sur ce point ; c'était dans la Méditerranée que leur marine leur assurait de la supériorité : ils y possédaient Malte, et jouissaient de la Sicile, des côtes d'Espagne, d'Afrique et de la Grèce. Ils voulurent profiter de tant d'avantages.

» Ils essayèrent d'exciter un mouvement de réaction en Italie, pour en faire une seconde Espagne, si la chose était faisable. Il y avait des mécontents par-tout, car je n'avais pas pu placer tout le monde dans les droits réunis : il y en avait en Italie comme ailleurs. Le clergé ne m'aimait pas, parce que mon règne avait détruit le sien ; les dévots me détestaient à son exemple ; le bas peuple partageait ces sentiments, parce que le clergé l'influençait encore en Italie. Le quartier-général de cette opposition s'était établi à Rome, comme la seule ville d'Italie où elle espérait se dérober à ma surveillance ; elle communiquait de là avec les Anglais, elle provoquait la révolte, elle m'insultait dans des écrits clandestins, elle répandait de faux bruits, elle recrutait pour les Anglais, elle soudoyait les bandits du cardinal Ruffo pour assassiner les Français; elle essayait de faire sauter le palais du ministre de la police à Naples. Il devenait manifeste que les Anglais avaient un plan sur l'Italie et qu'ils y fomentaient des troubles.

» Je ne devais pas le permettre; je ne devais pas souffrir qu'on insultât et qu'on assassinât des Français. Je me contentai d'en faire, à diverses reprises, des plaintes au Saint-Siége; j'en recevais des réponses obligeantes, pour m'engager à prendre mon mal en patience. Comme je n'ai jamais été patient de mon naturel, je vis qu'il y avait une mauvaise volonté décidée contre nous, et qu'il fallait prendre les devants pour en prévenir l'explosion. Je fis occuper Rome par mes troupes.

» Au lieu d'arrêter l'effervescence, cette mesure, un peu violente, irrita les esprits; elle maintint le repos de l'Italie, et déjoua les plans de lord Bintinck; mais la caste des dévots fit secrètement contre moi tout ce que la haine et l'esprit de l'église peuvent suggérer.

» Ce foyer de troubles avait des ramifications en France et en Suisse. Le clergé, les mécontents, les partisans de l'ancien régime (car il y en avait encore), s'étaient réunis pour intriguer contre mon autorité, et me faire le plus de mal qu'ils pourraient. Ils ne se présentaient plus comme des conjurés ; ils avaient emprunté les bannières de l'Église et se battaient avec des foudres, et non pas avec du canon ; ils avaient leurs mots d'ordre et de ralliement. C'était une maçonnerie orthodoxe que je ne pouvais atteindre nulle part, parce qu'elle était partout.

» Il était d'ailleurs difficile d'attaquer ces gens en détail, parce que ç'aurait été une persécution. Or, c'est le métier des faibles et non pas des forts. Je crus pouvoir dissiper ce parti en l'effrayant par un grand coup d'autorité. Je voulais lui montrer ma résolution pour lui faire comprendre que je voulais maintenir le respect de l'ordre et de l'autorité, et que rien ne me coûtait pour y parvenir.

» Je savais que je ne pouvais pas atteindre plus sûrement ce parti qu'en les séparant du chef de l'Église. J'attendis long-temps avant de prendre cette résolution, parce que j'y répugnais ; mais plus je tardais, plus il devenait nécessaire de me décider. Je me répétai que Charles-Quint, qui était dévot et moins puissant que moi, avait osé faire un pape prisonnier. Il ne s'en était pas mal trouvé, et je crus pouvoir tenter la même chose. Le pape fut enlevé de Rome et conduit à Savone. Rome fut réunie à la France.

» Cet acte politique a suffi pour déjouer les projets de l'ennemi. L'Italie est restée calme et dévouée jusqu'au jour où l'empire a fini. Mais la guerre de l'Église se poursuivit avec le même acharnement ; le zèle des dévots se ralluma : c'était une action sourde mais venimeuse contre moi. Quelque soin que j'aie pris, les dévots sont parvenus à communiquer avec Savone et à recevoir leurs instructions ; les trappistes de Fribourg faisaient aller cette correspondance ; elle s'imprimait chez eux, et circulait de curés en curés dans tout l'empire. Il fallut transférer le Saint-Père à Fontainebleau et chasser les trappistes pour arrêter ces communications, et je crois que je n'y suis pas parvenu.

» Cette petite guerre a été d'un mauvais effet, parce que je n'ai pu lui ôter le caractère de persécution. Il fallait sévir forcément contre des gens désarmés, et j'en faisais, malgré moi, des victimes. Ces malheureuses affaires de l'Église m'ont fait jusqu'à cinq cents prisonniers d'état. La politique n'en a pas donné cinquante. J'ai eu tort dans toute cette affaire. J'étais assez fort pour laisser courir les faibles, et j'ai fait beaucoup de mal parce que j'ai voulu le prévenir. »

— Nous voici arrivés à l'époque qui suivit la paix de Vienne, c'est-à-dire au commencement de 1810, un peu avant le second mariage de Buonaparte. Notre mauvais chronologiste, intervertissant encore les dates et les faits, place après cette paix de Vienne l'enlèvement du pape et l'invasion de Rome, qui avait eu lieu deux ans auparavant. Il oublie que, dès le 2 avril 1808, Buonaparte avait publié un décret par lequel les états de l'Eglise furent *irrévocablement et à perpétuité réunis au royaume d'Italie ;* que, le 16 janvier 1809, il avait dit aux députés que le St.-Père lui avait envoyés pour qu'il adoucît la rigueur de ce décret : *Votre évêque est le chef spirituel de l'Eglise; moi, j'en suis l'empereur;* que, le 17 mai suivant, il décréta que la ville de Rome était *ville impériale et libre;* enfin que, dans le même temps, le St.-Père fut enlevé de son palais et réduit à l'état de captivité où il se trouvait lorsque le traité de Vienne fut conclu. L'auteur du roman ne s'est rappelé, de ces circonstances, que les niaiseries officielles qui furent alors publiées par ordre de son héros pour justifier ces indignités. Selon lui, il existait à Rome un *quartier-général d'opposition*, *qui faisait insulter et assassiner les Français;* et ce *quartier-général*, qui avait des *ramifications*, faisait *circuler des faux bruits et fomentait des troubles;* enfin on voulait *faire à Rome comme on avait fait en Espagne.* Ce fut donc pour empêcher un tel résultat que Buonaparte enleva le St.-Père, comme il avait fait de Charles IV. Cette mesure, *un peu violente*, irrita, il est vrai, les esprits; mais elle n'eut pas les mêmes résultats que dans la péninsule, et l'Italie resta *calme et dévouée.* Voilà par quels misérables palliatifs l'auteur du roman excuse son héros de l'un des plus odieux attentats auxquels il se soit livré. Qui est-ce qui ne sait pas aujourd'hui en Europe, que la véritable cause de cet indigne abus de la force fut l'intention manifestée depuis longtemps de s'emparer du domaine de St. Pierre, de rétablir l'empire d'Occident, et d'être, comme il l'a dit lui-même, le successeur de Charlemagne? Il faut ajouter à ces motifs, assez concluants quand il s'agit de Buonaparte, le ressentiment de quelques petites difficultés que lui fit éprouver le pape relativement aux affaires ecclésiastiques, et enfin l'excommunication que le St.-Père prononça contre lui.

« Un grand projet occupait l'État; il me paraissait de nature à consolider mon règne, en me plaçant vis-à-vis de l'Europe dans un nouveau rapport. J'en attendais de grands résultats.

» Mon pouvoir n'était plus contesté; il ne lui manquait que le caractère de perpétuité qu'il ne pouvait recevoir tant que je n'aurais point d'héritier. Ma mort pouvait être, sans cela, un moment dangereux pour *ma dynastie*; car, pour être entière, il ne faut pas qu'une autorité ait des époques marquées d'avance.

» Je comprenais la nécessité de me séparer d'une femme dont je ne pouvais plus attendre de postérité. J'y répugnais par la douleur de quitter la personne que j'ai le plus aimée. Je fus long-temps avant de m'y résoudre; mais elle s'y résigna d'elle-même avec le dévouement qu'elle a toujours eu pour moi. J'acceptai son sacrifice, parce qu'il était indispensable. La politique la plus simple m'indiquait l'alliance de la maison d'Autriche. La cour de Vienne était fatiguée de ses revers: en s'unissant sans retour avec moi, elle mettait sa sécurité sous ma garantie. Par cette alliance, elle devenait complice de ma grandeur, et j'avais dès-lors autant d'intérêt à la protéger que j'en avais eu à la battre; par cette alliance, nous formions la masse de puissance la plus formidable qui ait existé. Nous dépassions l'empire romain. Cette alliance se contracta.

» Il ne resta plus sur le continent, en dehors de notre masse, que la Russie et les débris de la Prusse; le reste nous obéissait. Une si grande prépondérance devait porter le découragement chez nos ennemis; et j'ai pu croire, sans trop de prévention, que j'avais fini mon œuvre et que j'avais placé mon trône à l'abri des tempêtes.

» Mon calcul était juste, mais les passions ne calculent pas: l'apparence était cependant en ma faveur. Le continent était tranquille et s'accoutumait à me voir régner; il me le témoignait du moins par ses génuflexions: elles étaient si profondes, qu'un plus habile y aurait été trompé comme moi. Le respect qu'on portait au sang de la maison d'Autriche légitimait mon règne aux yeux des souverains. Ma dynastie prenait rang dans l'Europe, et je sentais qu'on ne disputait plus le trône au fils à qui l'impératrice venait de donner le jour.

» Il n'y avait plus de troubles qu'en Espagne, où les Anglais avaient porté de grandes forces; mais cette guerre ne me donnait pas d'inquiétude, parce que j'étais résolù d'être plus tenace encore que les Espagnols, et qu'avec du temps on vient à bout de tout. »

— Il n'est pas vrai que Joséphine *se résigna d'elle-même et avec dévouement* à cette répudiation. Tout le monde sait qu'elle fit, au contraire, éclater sa douleur avec beaucoup de force, et que ce ne fut que par la contrainte qu'elle s'éloigna de la cour.

Par la nouvelle alliance que contracta Buonaparte, la cour de Vienne se résigna sans doute à *souffrir sa grandeur*, mais elle n'en devint pas *complice*. Ce fut le besoin de sa sécurité qui détermina cette cour; et elle dut croire en effet que Buonaparte aurait, dès-lors, intérêt à la protéger. La suite des événements a prouvé à quel point elle s'était trompée.

Buonaparte montrerait *à nu* son imprévoyance et sa folie, s'il disait que la guerre d'Espagne lui causa peu d'inquiétude. Dès le commencement, il n'y eut pas en Europe un homme sage qui ne jugeât qu'elle serait cause de sa ruine. On sait ce que signifie la *tenacité* qu'il voulait y mettre; et là-dessus l'auteur du roman n'a eu besoin, encore une fois, que de consulter une tradition populaire. Il aurait même pu faire répéter à son héros les expressions qui lui ont été attribuées avec tant de vraisemblance: « Je sais » que cette guerre *me coûtera* trois cent mille hom» mes par an, mais la France est à même de *faire cette dépense.* » On a lu, dans les citations que nous avons faites, des pensées où le mépris de l'espèce humaine n'éclate pas avec moins d'impudeur.

« L'obligation de maintenir le système continental amenait seule des difficultés avec les gouvernements, dont le littoral facilitait la contrebande. Entre ces états, la Russie se trouvait dans une situation embarrassante ; sa civilisation n'était pas assez avancée pour lui permettre de se passer des produits de l'Angleterre. J'avais exigé, cependant, qu'ils fussent prohibés ; c'était une absurdité, mais elle était indispensable pour compléter le système prohibitif. La contrebande se faisait ; je l'avais prévu, parce que le gouvernement russe surveille mal son pays ; mais comme on passe moins facilement par les portes fermées que par les portes ouvertes, la contrebande amène toujours beaucoup moins de marchandises que la libre entrée ; je remplissais ainsi les deux tiers de mon but : cependant je ne m'en plaignis pas moins. On se justifia ; on recommença ; nous nous irritions : cette manière d'être ne pouvait pas durer.

» Nous devions, en effet, nous froisser avec la Russie, depuis l'alliance que j'avais contractée avec l'Autriche. La Russie devait savoir que notre union politique ne pouvait pas avoir d'autre ennemi qu'elle-même, attendu que nous étions maîtres de tout le reste. Il fallait donc qu'elle se résignât à une complaisante nullité, ou qu'elle essayât de nous tenir tête et de maintenir son rang ; elle était trop forte pour consentir à n'être rien ; elle était aussi trop faible pour nous résister ; mais, dans cette alternative, il valait mieux mettre de la fierté dans son attitude, que de se reconnaître d'avance pour vaincue ; car ce dernier parti est toujours le plus mauvais. La Russie se décida pour le premier.

» D'après cela, je rencontrai inopinément de la

hauteur dans mes rapports avec Pétersbourg. On me refusa de confisquer les contrebandes ; on se plaignit de l'occupation du pays d'Oldenbourg. Je répondis sur le même ton ; il était clair que nous allions nous brouiller, car nous n'étions endurants ni l'un ni l'autre, et nous étions de force à nous mesurer. »

— Voilà encore le système continental qui amène un désastre effroyable, la guerre de Russie, cette guerre qui causa la chute de Buonaparte ; l'auteur du roman lui fait répéter, à cette occasion, les mêmes sottises et les mêmes inconséquences. Quelle conception, par exemple, et quel système que celui qui ne peut être *complété que par une absurdité !*

Après avoir dit que la Russie était trop faible pour lui résister, l'auteur fait dire à Buonaparte qu'*elle était de force à se mesurer avec lui.* Son opinion est sans doute mieux fixée aujourd'hui à cet égard ; il doit voir plus clairement de quel poids l'empire russe est dans la politique de l'Europe, et combien a été imprudente l'entreprise qui a provoqué une pareille masse de résistance.

» J'avais une grande confiance dans l'issue de cette guerre, parce que j'avais conçu un plan au moyen duquel j'espérais terminer, pour toujours, la longue lutte dans laquelle j'avais consumé ma vie ; il me semblait d'ailleurs que, parvenu au point où nous en étions de notre histoire, les souverains de l'Europe ne devaient point prendre de part directe à ce dernier conflit, car nos intérêts étaient devenus les mêmes. La politique des princes devait pencher maintenant en ma faveur, parce que mon métier n'était plus d'ébranler les trônes, mais de les raffermir; j'avais rendu de nouveau la royauté formidable. En cela, j'avais travaillé pour eux; ils étaient sûrs de régner par mon alliance, également à l'abri de la guerre et des révolutions. Cette politique était si grosse, que je crus les souverains assez clairvoyants pour l'apercevoir. Je ne me défiai pas d'eux. Qui aurait pu deviner, en effet, que, séduits par la haine qu'ils avaient pour moi, ils abandonneraient le parti du trône, et remettraient eux-mêmes la révolution dans leurs états, pour en être tôt ou tard les victimes?

» J'avais calculé que la Russie était d'un trop gros volume pour qu'elle pût jamais entrer dans le système européen que je venais de refaire, et dont la France était le centre. Il fallait donc la remettre en dehors de l'Europe, pour qu'elle ne gâtât pas l'unité de ce système. Il fallait donner à cette nouvelle démarcation politique, des frontières assez solides pour résister au poids de toute la Russie. Il fallait remettre de force cet état dans la place qu'il occupait il y a cent ans.

» Il n'y avait que la masse de mon empire qui fût assez vigoureuse pour tenter un pareil acte de violence politique. Mais je crois qu'il était possible, et je crois qu'il était l'unique moyen de mettre le monde à l'abri des cosaques.

» Pour faire réussir ce plan, il fallait refaire la Pologne sur une base étoffée, et battre les Russes pour leur faire accepter les frontières qu'on allait tracer avec la pointe de l'épée. La Russie aurait pu signer sans honte la paix qui devait établir ces frontières; parce qu'elle n'aurait rien eu d'outrageant pour elle. C'était un aveu de sa force, un signe de crainte de notre part.

» Placée ainsi, par mes précautions, hors du rayon de l'économie européenne, séparée de cette économie par trois cent mille gardiens, la Russie aurait renoué avec l'Angleterre; elle aurait conservé son indépendance politique, et sa manière d'être dans leur intégrité, parce qu'elle nous aurait été aussi étrangère que le royaume du Thibet.

» Il n'y avait de raisonnable que ce plan. On en regrettera tôt ou tard la ruine; car l'Europe, rangée par un consentement mutuel sous un système unique, refondue sur le modèle que demandait la disposition du siècle, aurait offert le plus grand spectacle que l'histoire ait décrit. Mais trop de préventions obstruaient les yeux des souverains pour qu'ils pussent voir le danger là où il était; ils crurent le voir là où était le *secours.* »

— Le romancier prête ici à son héros un langage plus conforme à son caractère connu. Il s'en faut cependant de beaucoup que les intérêts des anciens souverains de l'Europe fussent les mêmes que les siens; et il a manqué de sagacité et de pénétration s'il s'est fait illusion à cet égard. Les rois qu'il avait réduits au silence, et auxquels il n'avait laissé qu'une ombre de puissance, devaient naturellement tendre à recouvrer ce qu'ils avaient perdu ; et ces princes n'étaient pas assez aveugles pour ne pas voir que le *plan au moyen duquel il voulait terminer la lutte*, acheverait de les rendre ses vassaux et ses tributaires. Ce n'était certainement pas pour eux qu'il avait rendu la royauté *formidable;* et nous ne pensons pas que, pour avoir abandonné son parti, ils aient remis la *révolution dans leurs Etats;* nous ne croyons pas non plus, comme le révolutionnaire auteur du roman, qu'ils doivent, à cause de cela, *tôt ou tard en être les victimes*. Ce fut bien mal à eux, sans doute, de ne pas croire au *secours* que Buonaparte voulait leur donner, et de ne pas être persuadés qu'il travaillait *pour eux*. Ils eurent également tort de ne pas l'aider dans l'exécution de son plan; mais nous ne voyons pas que, jusqu'à présent, ils aient eu à s'en repentir. Nous invitons les lecteurs éclairés à revoir le Manifeste que la cour d'Autriche a publié le 19 août 1813 ; ils y trouveront la preuve que ce fut, en effet, la folle expédition de Russie qui rallia toute l'Europe contre Buonaparte.

« Je partis pour Dresde. Cette guerre allait décider, sans retour, la question qui se débattait depuis vingt ans, puisque cette guerre devait être la dernière ; car, au-delà de la Russie, le monde finit. Nos ennemis n'avaient plus qu'un moment ; c'est pourquoi ils tentèrent leur dernier effort. La cour d'Autriche commença par déranger mes plans sur la Pologne, en refusant de rendre ce qu'elle en avait pris.

» Je crus être tenu à des égards pour elle, et cette seule faiblesse a perdu mes affaires ; car, du moment que j'avais cédé sur ce point, il me fut impossible d'aborder franchement la question de l'indépendance polonaise ; je fus obligé de morceler ce pays, sur lequel devait reposer la sécurité de l'Europe ; je donnai, par ma faiblesse, du mécontentement et surtout de la défiance aux Polonais ; car ils virent que je les sacrifiais à mes convenances. Je sentis ma faute, et j'en eus honte : je ne voulus plus aller à Varsovie ; je n'y avais plus rien à faire pour le moment ; je n'avais plus d'autre parti à prendre que celui de confier aux victoires à venir le sort de cette nation. »

— *Cette guerre devait être la dernière, car au bout de la Russie, le monde finit.* Ainsi il est évident que la conquête du monde entier pouvait seule assouvir l'ambition de Buonaparte.

Nos ennemis n'avaient plus qu'un moment. Ce trait ressemble assez à l'empirique qui déclare que son malade était sauvé, s'il eût pu vivre un jour de plus.

Nous ne pensons pas que la manière dont Buonaparte se conduisit à l'égard des Polonais, ait beaucoup influé sur les résultats de la guerre. L'auteur du roman met encore ici ses regrets à la place des pensées de son héros; mais, où a-t-il pris que Buonaparte n'osa plus retourner à Varsovie ? N'y passa-t-il pas à cette même époque? et n'y revint-il pas encore après sa défaite, lorsqu'il eut avec l'abbé de Pradt, cette conversation si ridicule, si incohérente, et sur laquelle il est évident que sont *moulés* plusieurs passages de ce roman?

« Je savais que la témérité réussit souvent; je pensai qu'il me serait possible de faire en une seule campagne ce que j'avais compté faire en deux. Cette promptitude me plaisait; car je commençai à avoir de l'inquiétude dans le caractère. J'étais à la tête d'une armée qui ne connaissait plus d'autres sentiments que celui de la gloire, et plus d'autre patrie que les champs de bataille. Au lieu d'assurer mon terrain et d'avancer à coup sûr, je traversai la Pologne et passai le Niémen ; je battis les armées qu'on m'opposa; je marchai sans relâche, et j'entrai dans Moscou.

» Ce fut le terme de mes succès, et ç'aurait dû être celui de ma vie.

» Maître d'une capitale que les Russes m'avaient remise en cendres, j'aurais dû croire que cet empire s'avouerait vaincu, et qu'il accepterait les belles conditions de la paix que je lui fis proposer; mais ce fut alors que la fortune abandonna notre cause. L'Angleterre conclut un traité entre la Russie et la Porte, qui rendit l'armée russe disponible. Un Français, tombé par hasard sur le trône de Suède, trahit les intérêts de sa patrie, et s'allia avec ses ennemis dans l'espoir de troquer la Finlande contre la Norvége.

» Il traça lui-même le plan de défense de la Russie, et l'Angleterre empêcha qu'elle n'acceptât la paix; je fus étonné des retards qu'éprouvait sa conclusion. La saison s'avançait; il devint évident qu'on ne voulait pas la paix. Dès que j'en fus certain, j'ordonnai la retraite : les éléments la rendirent *sévère*. Les Français s'y acquirent de l'honneur par la fermeté avec laquelle ils supportèrent ces revers; leur courage ne les a jamais quittés qu'avec la vie.

» Ébranlé moi-même par la vue de ce désastre, j'ai eu besoin de me rappeler qu'un souverain ne doit jamais ni plier ni s'attendrir.

» L'Europe était encore plus étonnée de mes revers qu'elle ne l'avait été de mes succès; mais je ne devais pas me méprendre à sa stupeur; je venais de perdre la moitié de cette armée qui avait fait sa terreur; on pouvait espérer d'en vaincre les restes; car la proportion des forces était changée. Je devais donc prévoir que le premier étonnement passé, j'allais retrouver contre moi l'éternelle coalition dont j'entendais déjà les cris de joie.

» C'est un mauvais moment pour faire la paix que celui d'une défaite. Cependant l'Autriche qui se consolait de me voir baisser (puisque sa part dans notre alliance en devenait meilleure), l'Autriche voulut proposer la paix; elle offrit sa médiation; mais on n'en voulut pas : elle avait tué son crédit.

» Il fallait donc vaincre de nouveau, et je fus sûr de mon fait, lorsque je vis la France partager mon opinion. Jamais l'histoire n'a montré un grand peuple sous un plus beau jour. Affligé de ses pertes, il ne songea qu'à les réparer; en trois mois il en vint à bout.

»La France me doit peut-être en partie l'attitude qu'elle conserva dans le malheur, et, s'il y a eu dans ma carrière un moment qui mérite l'estime de la postérité, ce doit être celui-là, car il me fut pénible à soutenir.

»Je reparus ainsi, à l'ouverture de la campagne, aussi formidable que jamais. L'ennemi fut surpris de revoir sitôt nos aigles; l'armée que je commandais était plus belliqueuse qu'aguerrie; mais elle portait l'héritage d'une longue gloire, et je la menai à l'ennemi avec confiance. J'avais une grande tâche à remplir; il fallait refaire notre crédit militaire, et reprendre sous œuvre la lutte qui avait été près de se terminer. Je tenais encore l'Italie, la Hollande et la plupart des places de l'Allemagne; je n'avais perdu que peu de terrain; mais l'Angleterre doublait ses efforts; la Prusse nous faisait la guerre par insurrection; les princes de la confédération se tenaient prêts à marcher au secours du plus fort, et comme je l'étais encore, ils suivaient mes drapeaux, mais mollement (1). L'Autriche tâchait de garder la dignité des neutres, tan-

(1) Cela est vrai, mais ne s'accorde pas avec ce qui a été dit précédemment, que ces princes *lui ont été fidèles tant qu'ils l'ont pu.*

dis qu'on courait l'Allemagne avec des brandons pour ameuter les peuples contre nous : tout mon système était ébranlé.

» Le sort du monde appartenait au hasard ; car il n'y avait de plan arrêté nulle part ; il dépendait d'une bataille. La Russie devait décider la question, parce qu'elle se battait avec de grandes forces et de bonne foi.

» J'attaquai l'armée prusso-russe, et je la battis trois fois.

» Comme ce succès dérangeait les plans des favoris de l'Angleterre, on fit semblant d'abandonner tous les projets hostiles, et l'on chargea l'Autriche de me proposer la paix.

» Les conditions en étaient supportables en apparence, et beaucoup d'autres à ma place les auraient acceptées ; car on ne demandait que la restitution des provinces illyriennes et des villes anséatiques ; la nomination de souverains indépendants dans les royaumes d'Italie et de Hollande ; la retraite de l'Espagne et le retour du pape à Rome. On devait me demander, en outre, de renoncer à la confédération du Rhin et à la médiation de la Suisse ; mais on avait ordre de céder sur ces deux articles.

» J'étais donc bien baissé dans l'opinion, puisqu'après trois victoires, on osait offrir d'abandonner des états que les alliés n'osaient pas même menacer encore.

» Si j'avais consenti à recevoir la paix, l'empire aurait déchu plus vite qu'il ne s'était élevé. Il restait, par ce traité, encore puissant sur la carte, mais il n'était plus rien dans le fait. L'autriche, en s'élevant au rôle de médiateur, rompait notre alliance et s'unissait à l'ennemi : en restituant les villes anséatiques, j'apprenais que je pouvais rendre, et tout le monde aurait voulu ravoir son indépendance : je mettais l'insurrection dans tous les pays réunis. En abandonnant l'Espagne, j'encourageais toutes les résistances ; en déposant la couronne de fer, je mettais en compromis celle de l'empire. Les chances de la paix m'étaient toutes funestes ; celles de la guerre pouvaient me sauver.

» Il faut le dire, de trop grands succès et de trop grands revers avaient marqué mon histoire, pour qu'il me fût possible alors de remettre la partie à un autre jour. Il fallait que la grande révolution du dix-neuvième siècle s'achevât sans retour, ou qu'elle s'étouffât sous un monceau de morts. Le monde entier était en présence pour décider cette question. Si j'avais signé la paix à Dresde, je l'aurais laissée indécise, et il aurait fallu la reprendre plus tard. Il aurait fallu recommencer cette longue carrière de succès que j'avais déjà parcourue. Il aurait fallu la recommencer, lorsque je n'étais plus jeune, avec un empire fatigué, auquel j'avais promis la paix, et qui m'aurait blâmé de ne l'avoir pas acceptée.

» Il valait donc mieux profiter d'un moment unique, où la destinée du monde ne tenait plus qu'à une seule bataille ; car on me l'aurait abandonné, si je l'avais gagnée. »

— Son armée n'avait plus *d'autre patrie que le champ de bataille*. Je crois que ce serait insulter à ceux qui ont fait partie de cette armée, que de supposer qu'ils fussent flattés d'un tel éloge. Buonaparte a tout fait pour que cela fût, mais il ne l'aurait pas dit; il n'aurait pas dit non plus qu'il eût dû mourir à Moscow; la mort est, pour lui, le pire de tous les maux. Il n'a pas craint de l'avouer dans plusieurs occasions; et ce principe a été souvent la règle de sa conduite.

L'invasion de la Russie fut marquée par de grands événements, et l'on ne peut pas supposer que Buonaparte en ait perdu la mémoire. Cependant le romancier ne lui a pas fait dire un seul mot de la bataille de la Moskowa, où il fit périr quarante mille hommes, *pour ne pas remettre la partie* (1). La terrible retraite est à peine esquissée; et l'on ne pouvait la caractériser d'une manière plus ridicule que de se borner à dire que les éléments la rendirent *sévère*. Buonaparte sut du moins fort bien soustraire sa personne à cette *sévérité*.

Revenu à Paris, il fut encore maître d'y conclure une paix avantageuse; mais c'est, dit-il, un mauvais moment pour faire la paix, que celui d'une défaite. Cependant, les paix qu'il a faites après des victoires ont peu duré; ainsi, soit qu'il fût vaincu, ou qu'il fût victorieux, la guerre devait être pour lui un état habituel. On lui fait déclarer plus loin qu'il

(1) Expression du bulletin.

refusa la paix après avoir remporté trois victoires; et qu'il ne voulut laisser libres et indépendantes l'Italie, la Hollande, l'Espagne, ni restituer les villes anséatiques, de peur *d'apprendre à l'Europe qu'il pouvait rendre.* Il aima mieux exposer la *grande révolution* du dix-neuvième siècle à être *étouffée sous un monceau de morts.* On sait ce qu'il en est arrivé.

« Je refusai la paix. Comme chacun voit par ses yeux, l'Autriche ne vit que mon imprudence, et crut le moment favorable pour se ranger avec mes ennemis. Je ne fus cependant convaincu de cette défection qu'au dernier moment; mais j'étais en mesure de la soutenir. Mon plan de campagne était fait. Il aurait produit un résultat décisif.

» L'inconvénient des grandes armées, c'est que le général ne peut-être partout. Mes manœuvres étaient, je crois, les meilleures que j'aie combinées; mais le général Vandamme quitta sa position et se fit prendre, croyant se faire maréchal. Macdonald manqua de se noyer dans les débordements. Le maréchal Ney se laissa franchement battre : mon plan fut renversé dans quelques heures.

» J'étais battu : j'ordonnai la retraite. J'étais encore assez fort pour reprendre l'offensive, en changeant de terrain. Je ne voulus pas perdre l'avantage des places que j'occupais, puisqu'avec une seule victoire, je me retrouvais maître du nord jusqu'à Dantzick. Je renforçai au contraire mes garnisons, en leur ordonnant de tenir jusqu'à l'extrémité. En cela elles ont exécuté mes ordres.

» Je me retirais lentement avec une masse imposante; mais je me retirais, et les ennemis me suivaient en se grossissant : car rien n'augmente les bataillons comme le succès. Toute l'inimitié que le temps avait amassée, se soulevait à-la-fois. Les Allemands voulaient se venger des maux de la guerre; le moment était propice : j'étais battu. Comme je l'avais prévu, les ennemis sortaient de terre. Je les attendis à Leipsik, dans ces mêmes plaines où ils avaient été battus peu auparavant.

» Notre position n'était pas bonne, parce que nous étions attaqués en demi-cercle. La victoire même ne pouvait pas avoir de grands résultats pour nous. Nous eûmes en effet l'avantage le premier jour, mais sans pouvoir reprendre l'offensive : c'était donc une bataille nulle, et il fallut la recommencer. L'armée se battait bien malgré sa lassitude; mais alors, par un acte que la postérité désignera comme elle voudra, les alliés qui se battaient dans nos rangs tournèrent inopinément leurs armes contre nous, et nous fûmes vaincus.

» Nous reprîmes le chemin de la France; mais une si grande retraite ne put pas se faire sans désordre. L'épuisement, la faim, firent périr beaucoup de monde. Les Bavarois, après avoir déserté nos drapeaux, voulurent nous empêcher de revenir en France. Les Français passèrent sur leurs cadavres, et rentrèrent à Maïence. Cette retraite coûta autant de monde que celle de Russie.

» Nos pertes étaient si grandes, que j'en fus moi-même consterné. La nation en fut abattue. Si les ennemis avaient poursuivi leur marche, ils seraient rentrés avec notre arrière-garde dans Paris. Mais l'aspect de la France les intimida; ils regardèrent long-temps nos frontières avant d'oser les franchir.

» Il ne s'agissait plus alors de la gloire, mais de l'honneur de la France; c'est pourquoi je comptais sur les Français. Mais je n'étais plus heureux; je fus mal servi. Je n'en accuse pas ce peuple, toujours prêt à verser son sang pour sa patrie. Je n'en accuse pas la trahison; car il est plus difficile de trahir qu'on ne le croit. Je n'en accuse que ce découragement, fruit ordinaire du malheur; je n'en fus pas exempt moi-même. L'homme découragé reste indécis, parce qu'il ne voit devant lui que de mauvais partis, et ce qu'il y a de pire dans les affaires, c'est l'indécision.

» J'aurais dû me défier davantage de cet abâtardissement général, et pourvoir à tout par moi-même; mais je me confiai à un ministère épouvanté, où tout s'exécutait mal. Les places fortes n'étaient ni réparées ni munies, parce qu'elles n'avaient pas été menacées depuis vingt ans. Le zèle des paysans y pourvut; mais la plupart des commandants étaient de vieux infirmes, qu'on avait mis là pour se reposer. La plupart de mes préfets étaient timides, et ne songèrent qu'à emballer au lieu de se défendre. J'aurais dû les changer à temps pour n'avoir en première ligne que des hommes intrépides : si tant est qu'on en trouve dans ceux qui ont à perdre.

» Rien n'était encore prêt pour notre défense, lorsque les Suisses livrèrent aux alliés le passage du Rhin (1). Malgré leurs victoires, les ennemis n'avaient pas osé l'aborder de front, et ils n'avancèrent qu'à pas de loup. Ils étaient effrayés de marcher sans obstacle sur cette terre qu'ils croyaient hérissée de baïonnettes. Ils ne rencontrerent nos avant-gardes qu'à Langres. Alors commença cette campagne trop connue pour que je la répete; mais qui laissera un nom immortel à cette poignée de braves qui ne désespérèrent pas du salut de la France. Ils me rendirent de la confiance, et je crus, à trois reprises, que rien n'etait impossible avec de tels soldats.

» J'avais encore une armée en Italie et de fortes garnisons dans le nord; mais je n'avais pas le temps de les faire venir a mon secours. Il fallait vaincre sur place. Le sort de l'Europe s'était concentré sur moi seul. Il n'y avait d'important que le point où j'étais. Les alliés m'offraient la paix, tant ils se défiaient de leurs succès. Après l'avoir refusée à Dresde, je ne pouvais pas l'accepter à Châtillon. Pour faire la paix, il fallait sauver la France et replanter nos aigles sur le Rhin.

» Après une telle épreuve, nos armes auraient été réputées invincibles; nos ennemis auraient tremblé devant cette fatalité qui me donnait la victoire.

(1) Comment les Suisses auraient-ils pu empêcher à 150 mille hommes de traverser leur territoire? L'auteur du roman en veut cruellement à la nation suisse.

Maître encore du midi et du nord par mes garnisons, une seule bataille me rendait mon ascendant ; j'aurais eu la gloire des revers comme celle des victoires.

» Ce résultat était prêt ; mes manœuvres avaient réussi. L'ennemi était tourné : il perdait la tête. Une émeute générale allait en finir ; il ne fallait plus qu'un moment ; mais ma perte était décidée. Un courrier, que j'avais imprudemment adressé à l'impératrice, tomba dans les mains des alliés ; il leur fit voir qu'ils étaient perdus. Un Corse, qui se trouvait dans leur conseil, leur apprit que la prudence était plus dangereuse que l'audace. Ils prirent le seul parti que je n'avais pas prévu, parce que c'était le seul bon. Ils gagnèrent l'avance et marchèrent sur Paris.

» On avait promis de leur en faciliter l'entrée ; mais cette promesse aurait été illusoire, si j'avais remis la défense de Paris en de meilleures mains. Je m'étais confié à l'honneur de la nation, et j'avais laissé follement en liberté ceux que je connaissais pour en être dépourvus. J'arrivai trop tard à son secours, et cette ville, qui n'a su défendre ni ses souverains ni ses murailles, avait ouvert ses portes à l'étranger.

» J'ai accusé le général Marmont de m'avoir trahi ; je lui rends justice aujourd'hui. Aucun soldat n'a trahi la foi qu'il devait à son pays. C'est dans une autre classe qu'on a trouvé des lâches ; mais je ne fus pas maître d'un premier mouvement de douleur, en voyant la capitulation de Paris signée par mon plus ancien frère d'armes. »

— On a déjà vu que les récits militaires sont ceux que l'auteur du roman sait le moins faire. Cette campagne de Saxe est aussi défigurée que les autres; on y trouve à peine un fait qui soit à sa place. Vandamme *ne se fit prendre* qu'un mois après que le maréchal Macdonald eut *manqué de se noyer*; et la défaite de Ney précéda aussi cet évènement, bien que l'auteur du roman ne la place que plus tard.

La défection des Saxons ne fut pas cause de l'échec que Buonaparte éprouva à Leipsick; elle fut au contraire la suite de cet échec. Il devait s'y attendre, puisqu'il a dit précédemment que les princes de sa confédération du Rhin attendaient que le plus fort se fît connaître pour *marcher à son secours*..

La campagne de Champagne n'est pas mieux expliquée. L'auteur se borne à en faire honneur à la bravoure française; ce qui est juste; mais il aurait dû sentir que Buonaparte n'eût pas manqué de s'attribuer une part de cet honneur, et cette prétention eût été fondée. Là, il fit beaucoup avec de faibles moyens. Partout ailleurs, la supériorité de ses forces a été la première cause de ses succès.

D'après l'auteur du roman, Buonaparte, qui n'avait pas voulu de la paix en Russie, parce que la *destinée du monde tenait à une seule bataille*, la refusa encore à Châtillon, parce qu'il lui *fallait replanter ses aigles sur le Rhin.* Tout le monde sait dans quelle détresse il se trouvait à cette dernière époque ; mais notre auteur veut qu'il ait été à même de *tourner* l'ennemi, et de lui faire *perdre la tête.* Après avoir attribué la résolution que les alliés prirent de marcher sur Paris à une circonstance qui peut être vraie, mais qui a été répétée partout, il prouve de nouveau qu'il ne connaît de la vie de son héros que des traditions populaires. Personne n'ignore que cette détermination décisive ne doit être attribuée qu'à une inspiration de l'empereur Alexandre ; ainsi nous ne doutons pas que le général auquel le romancier prétend que les alliés la durent ne soit très empressé d'en restituer l'honneur à son souverain.

Expliquant ensuite fort mal la prise de Paris, il finit par une injure contre les habitants de cette ville, qui eurent sans doute grand tort de ne pas exposer leurs vies et leurs biens pour un homme que son interprète représente, dans tout le cours de cet ouvrage, comme n'étant occupé que *de lui*, *de sa dynastie* et de *son* armée. Mais ne leur avait-il pas dit lui-même, en 1809, dans son bulletin de la prise de Vienne, qu'une grande ville ne doit pas être défendue? Et quelle impudente ignorance de lui faire encore expliquer cet événement par une *promesse* faites aux alliés, *de leur livrer Paris*, promesse *qui eût été illusoire*, ajoute-t-il, *s'il en avait confié la défense en de meilleurs mains*, *et s'il n'avait pas eu le tort de se confier à l'honneur de la nation !*

Si le romaucier avait eu la moindre idée de la guerre, il aurait su qu'une ville de sept lieues de circonférence, sans fortifications, ne peut tenir avec une garnison de douze mille hommes contre 150 mille; que l'honneur de la nation n'est nullement compromis en pareil cas par une capitulation, mais bien l'honneur du général qui a été assez imprévoyant pour laisser la capitale ainsi exposée aux attaques d'une armée puissante; et qui, au lieu de couvrir cette capitale, est allé courir en Lorraine pour y attirer l'ennemi à sa suite, ne prevoyant pas que celui-ci prendrait un autre parti, quoique ce fût *le seul bon*.

On ne peut nier que l'égoïsme, pour représenter Buonaparte, ne soit une couleur beaucoup plus ressemblante et plus vraisemblable que la générosité et la modestie; et, sous ce rapport, l'auteur du roman a assez bien rendu le caractère de son héros. Mais ce qui est dépourvu de toute vraisemblance, c'est de lui faire *rendre justice* au maréchal Marmont, qu'il n'a pas accusé dans un premier mouvement, mais un an après la reddition de Paris, dans sa proclamation du golfe Juan. Ce serait de sa part le premier exemple d'une telle générosité.

« J'étais à Fontainebleau, entouré d'une troupe fidèle, mais peu nombreuse; j'aurais pu tenter encore avec elle le sort des combats; car elle était capable d'actions héroïques; mais la France aurait payé trop cher le plaisir de cette vengeance. Elle aurait eu le droit de m'accuser de ses maux ; je veux qu'elle ne m'accuse que de la gloire où j'ai porté son nom. Je me résignai. »

— Les sentiments d'humanité dont on fait honneur à Buonaparte, ne sont évidemment placés ici que pour cacher un acte de faiblesse qui lui fut, au reste, très habituel. Il n'était pas homme à tout risquer avec de si faibles chances de succès.

Si la France doit *l'accuser* de sa gloire, elle ne l'accusera pas d'avoir usé envers elle de trop de ménagement. Les Français devront plutôt l'accûser des maux sans nombre qu'il a accumulés sur eux par ses folies, et par le mépris de l'espèce humaine, dont toutes ses actions sont empreintes. Sous ce dernier rapport, l'auteur du roman a encore réussi à le représenter selon son caractère connu.

» J'étais prisonnier : je m'attendais à être traité comme tel ; mais, soit par cette sorte de respect qu'inspire un vieux guerrier, soit par l'esprit de générosité qui a présidé à cette révolution, on me proposa de choisir un asile. Les alliés me cédèrent une île et un titre qu'ils regardèrent comme aussi vains l'un que l'autre ; ils me permirent (et en cela leur générosité fut pleine de noblesse), ils me permirent d'emmener avec moi un petit nombre de ces vieux soldats avec lesquels j'avais couru tant de fortunes. Ils me permirent d'emmener avec moi quelques-uns de ces hommes que le malheur ne décourage pas. »

— Nous allions prolonger les citations, multiplier les rapprochements : nous nous arrêtons. Déjà le lecteur s'écrie : « Qui vous autorise à augurer » si mal de mon intelligence? Pourquoi accumu- » ler de nouvelles preuves d'un fait déjà cent fois » établi ? »

Ne pourrions-nous pas nous écrier à notre tour : « Pourquoi nous a-t-on mis dans la nécessité de dé- » monter, une à une, toutes les pièces de cette fabri- » cation grossière? Pourquoi avoir hésité un instant » à reconnaître la main de l'imposture ? »

Et c'est au dix-neuvième siècle, c'est dans la moderne Athènes, que s'est opérée et que s'opère chaque jour encore une jonglerie dont le gros bon sens d'un Béotien, eût suffi pour préserver tant de beaux esprits !

« Pour tromper son prochain, dit le docteur » Swift, ce n'est pas tout que d'être né menteur : il » faut encore savoir mentir. » Voilà pourtant un homme qui était venu abuser de la crédulité publique, et qui, certes, n'a rempli que la première condition imposée par le Rabelais de l'Angleterre.

Dans des temps qui n'étaient pas, comme le nôtre, le siècle des lumières, il fallait un peu plus de peine, un peu plus d'art pour en imposer à la bonne-foi des hommes.

Ne remontons pas trop haut : admettons un instant, avec Voltaire, qu'un écrivain dont Richelieu avait souvent employé la plume, ait voulu s'amuser aux dépens de ses contemporains et de la postérité, en forgeant le *Testament politique* du grand cardinal. L'abbé de Bourzeis, du moins, ne commença point par insulter au sens commun des lecteurs qu'il voulait persuader. Sous sa plume le ministre de Louis XIII ne va point puiser dans les événements de la fin de son règne la cause de ceux du commencement; il ne place point les traités de paix avant les guerres qui les ont précédés; il n'explique pas un fait par une abstraction métaphysique; il ne résout pas une question d'Etat par un quolibet; enfin, il ne s'écarte jamais assez du naturel et du vraisemblable, pour qu'un homme judicieux n'ait pu défendre victorieusement son ouvrage contre un agresseur tel que Voltaire.

Veut-on un exemple plus récent? Il prend fantaisie à un homme d'un caractère original de mettre sur le compte d'un grand capitaine, mort depuis près d'un siècle, une brochure qui eût peut-être plus coûté à ce dernier, qu'une bataille ou un siége. Pour atteindre le but, beaucoup d'esprit n'était pas assez. L'ingénieux faussaire n'ignorait pas que tout édifice a besoin de fondement : il se pénétra de ce qu'il voulait raconter, il se rappela ce qu'il avait vu, pour mieux décrire ce qu'il n'avait pu voir.

Mais ce n'était pas dans un club d'idéologues, ou

à la tribune d'une assemblée de rhéteurs ignorants et factieux, que le prince de Ligne avait étudié les campagnes et la tactique de son héros. Aussi ne le voit-on pas établir ses canons aux avant-postes, et mettre le fusil à la main d'un officier d'artillerie; il ne place point la paix d'Utrecht avant la bataille de Denain; son prince Eugène ne va point courir en Hongrie pour y combattre le Turc, tandis qu'il était à Rastadt, traitant de la paix avec Villars: en un mot, s'il échappe à l'auteur quelques phrases de politique, elles sont d'un homme d'Etat, et non d'un brouillon révolutionnaire. Le prince de Ligne, il est vrai, n'avait pas été chez Locuste apprendre à distiller le poison. Son livre a fait des dupes, et il intéresse encore ceux qui ont cessé de l'être; mais on y trouve de l'esprit, de la grâce, et une grande connaissance des objets dont parle l'auteur (1).

« Et moi aussi, s'écrie le maladroit manipulateur » du manuscrit de Ste.-Hélène, moi aussi j'ai fait des dupes! » Eh! quel est le jongleur qui, dans ce monde d'oisifs, n'amasse pas quelques instants la foule autour de ses tréteaux?

Mais est-il vrai que, dans cette tourbe crédule, on ait remarqué aussi quelques hommes graves, ou qui,

---

(1) Pour faire la *Vie du prince Eugène*, *écrite par lui-même*, le prince de Ligne avait entre les mains d'excellents matériaux, qu'il avait puisés dans les archives de la cour de Vienne.

du moins, devraient l'être? Si le fait est constant, nous nous rappellerons le mot de l'orateur grec: « O » hommes au maintien grave, à la tête légère! on » vous avait crus profonds, tandis que vous n'étiez » que creux! »

Mais ces personnages n'ont-ils pas feints d'être trompés pendant quelques minutes, pour apprécier des individus qui trompent, toute l'année, sur la portée de leur esprit et l'étendue de leur savoir?

En effet, tout homme qui a pu conserver, au-delà du second feuillet, sa foi dans l'authenticité du fameux manuscrit, n'a-t-il pas donné, pour jamais, la mesure de ce qu'il est et de ce qu'il sera toujours?

A la rougeur qui déjà couvre plus d'un front, on reconnaît l'amour-propre en combat avec lui-même. Qu'est-ce qui sera le plus pénible pour lui, ou d'avouer une crédulité puérile, ou de persister dans le plus honteux aveuglement?

Et vous, acteur malhabile, qui n'avez su prendre ni le maintien, ni la physionomie, ni le langage, ni même le costume du personnage que vous avez voulu jouer, que vous allez payer cher les applaudissements d'un parterre imbécille! Déjà leur vain bruit s'est dissipé dans l'air, et vous voilà resté seul en présence de juges clairvoyants et sévères. A travers l'oripeau qui vous enveloppe, leurs regards ont pénétré jusqu'à votre personne.

Un satirique romain a dit: « que la plus douce ré- » compense d'un auteur était de *se voir montrer au*

» *doigt*, et d'entendre dire aux passants : *Le voilà* (1). »

Ce prix de votre œuvre ne vous manquera pas : oui, vous serez éternellement *montré au doigt*. Mais n'allez point vous y méprendre ; et si vous entendez dire : *le voilà*, que l'orgueil ne vous abuse pas, écoutez ce cri qui vous poursuit jusque dans les carrefours : « C'est lui, c'est le maladroit qui a » forgé le Manuscrit de Ste.-Hélène. »

---

(1) *At pulchrum est digito monstrari et dicier : hic est.*
(Pers., sat. 1.)

FIN.

www.ingramcontent.com/pod-product-compliance
Ingram Content Group UK Ltd.
Pitfield, Milton Keynes, MK11 3LW, UK
UKHW021041230726
13926UKWH00004B/1595

9 782014 039115